JN181346

あなたにとどけるものがたり
10

風の会【編】

遊絲社

目次

カバー装画・イラスト◎藤本　芽子
装幀◎溝江　純

豆大福　Mamedaifuku

つよしクンと〝グン〟

— Tsuyoshikun to "Kun" —

Potori potori poropotori
poro poro pototi korokoro
mizutama shippo de atsumeru
"Kun". 「?」 bōshi ni tsumeru
Tsuyoshi-kun. Ippai ippai ...

つよしクンは、はるかなちゃんが好き。そして、はるかなちゃんが飼っている犬の〝グン〟が好き。

〝グン〟は。ポメラニアンで二才の男の子。はるかなちゃんがダイスキ。いつも、どこに行くのも、いっしょ。

はるかなちゃんの足音で、お迎えのポーズがちがう。〝グン〟は、つよしクンのアイドルだよ。


「えーなぁ。かわいいなぁ」

トロ……トロ……トロリン、リン……。

雲ひとつない青空の下で、居眠りしているつよしクン。

ドスッ！

おしりをドつかれ、目が覚めたつよしクン。

「こんなとこで、よう寝んなぁ」

「あぁー、かなちゃんか」

のびをしながら起き上がるつよしクンに、

「ニヤニヤしてたで」

ニヤついた顔つきを真似(まね)て笑われた。

「気持ちわるぅー」

口をとがらしながらもケラケラ笑うかなちゃん。

「ごっつうええ夢みてたのにぃー」

「今日の給食のカレー、おいしかったもんねぇー」

つっこみを忘れないかなちゃん。

「ちゃうよ、あのな……」

と言いかけたつよしクンに、

「ちゃう?! チャウチャウみたいな顔しよってからにぃ」

かぶせて、からんでくるかなちゃんに、どしたんかなぁと、思うつよしクン。

「チャウチャウも、かわいいやん。もちのろん。〝グン〟もかわいいけどなぁ」

〝グン〟のフォローを忘れないつよしクンに、グータッチのかなちゃん。

よかった。

でも、ちょっと変だなぁ。

かなちゃんが一人でいるなんて、どしたんかなぁ。

かなちゃんの寂しそうな横顔に、ちょっと心配なつよしクン。

はるちゃん、どしたんかなぁ、

〝グン〟は……。

かなちゃんに、

「〝グン〟の好きなえびせん持って来るからちょっと待っててな」

つよしクンは、走り出して行った。


はるちゃんとかなちゃんは、双子の姉妹。〝グン〟をとても可愛(かわい)がっている。〝グン〟は、つよしクンにも愛想をふりまいてくれる。それがまた、何ともいえずかわいくて、つよしクンのアイドルになっている。

はるちゃんとかなちゃんは、すごく仲がいい。一人っ子のつよしクンと〝グン〟を囲んでよく遊んでくれる。つよしクンは、二人と一緒に遊ぶ時は、いつもはるかなちゃんって呼んでいる。最近は、はるちゃんを見かけない。かなちゃんだけ。〝グン〟とも遊んでへん。どないしたんやろ。


えびせんをスーパーの袋に一杯つめて、かけてきたつよしクン。

ググッと身を引くかなちゃん。

「〝グン〟をおじいちゃんと同じ病気にする気？」

キッとにらんだ。

「えっ、おじいちゃん？　えびせんで病気になったん?!」

キョトン顔のつよしクン。

「『こーけつーあつ』で、薬を飲んでるよぅー」

ぷぅーとふくらむ。風船ほっぺのかなちゃん。

「『こーけつーあつ』」

『？』帽子をかぶったつよしクン。

ぷっぷぅー。

ふくらむ、ふくらむ、かなちゃん。

「高級おしりは、熱い……から薬飲むの？」

パン!!

はじけた風船ほっぺ。

笑いころげるかなちゃん。

つよしクンもつられて大笑い。

空も、

ポッカリ雲も、
つられて笑う。

「ただいまぁー」

かなちゃんの元気な声がひびく。

「〝グーン〟えびせんあるよぅー」

「誰もいないのかなぁ～」

パリン
えびせんを割るつよしクン。

「はるちゃんは……いる」

ちょっとハナ声のかなちゃん。

指さす先に下靴がコロン。

タッタッタ
「クゥーン」と鳴いて〝グン〟がとびついた。

「きゃ！」

ドスーン

しりもちついた、かなちゃん。
足元に上靴がコロン。
あれれ?!
あっちに下靴。
こっちに上靴。
それも片っぽずつ……?　?　?
『?』帽子をかぶり直すつよしクン。

かなちゃんは、はるちゃんがお友達のゆきちゃんとケンカしてたのは、知っていた。
でも、ゆきちゃんが、靴をかくすなんて……。

ポトリ　ポトリ
ポロポロリ
ポロポロ　ポロリ
コロコロ　水玉
しっぽで集める〝グン〟

『?』帽子につめるつよしクン。
いっぱい　いっぱい
いっぱいになった。
なった　なった　なったら
ぷぅー　ぷぅー
ふくらんだ　ふくらんだ
風船　風船
『?』帽子をかぶった　水玉風船
フーワ　フーワ　空に向かう
「クーン」
ジャンプ!
キャン　とどかない
「まってぇー」
ホップ　ステップ
「えい!」
ドテッ　ころんだつよしクン

水玉風船　知らんぷり
「クーン、クーン」
「まってぇー、まってぇー」
フーワ　フーワ　風にのる
走る　走る
追っかける〝グン〟
〝グン〟のリードがはずれた
リードをぶんぶん振り回す、つよしクン
「それっ！」
かかった　かかった
『？』帽子にひっかかった
ブラーン　ブランのつよしクン
フーワ　フーワ　のぼっていく
「イテッ」
ぽっかり雲にぶつかった

おやおや
あれあれ
『?』帽子をかぶった　大きな　大きな水玉風船から
ポトリ　ポトリ
ポロポロリ
ポロポロ
コロコロ　水玉コロポロ
いっぱい　いっぱい
落ちて　落ちて
しぼんだ　しぼんだ　水玉風船
『?』帽子コロン
つよしクン　ドスン
どこに来た?

ヒクヒク　ヒクッ
しゃくってる　誰?

はるかなちゃん?

「クーン」

「〝グン〟?!」

ふりむくつよしクン。

しゃくりながら泣いているゆきちゃん。

「どうしたの、ゆきちゃん」

『?』帽子をかぶるつよしクン。

「はるちゃんの靴かくしたの、私なの。けんかしてから、はるちゃん、ゆきと遊んでくれなくなったから。ごめんね」

ポロポロリ
ポロポロ
落ちないよ。

『?』帽子でキャッチしてるつよしクン。

つめるよ　つめる
いっぱい
いっぱい

ぷぅー　ぷぅー
ふくらむ　ふくらむ
とんじゃう　とんじゃう
「ぼくの『?』帽子、しっかり持っててね、ゆきちゃん!」
「うん」
「クーン」
「わかった　えびせんな」
『?』帽子が、『☆』帽子
キラキラ　キラキラ
ひかってる

三浦 布美繪 Miura Fumie

星を集める猫

— Hoshi o atsumeru neko —

Y.

Tsuki e kaeritakute hoshi o atsumeru neko ga iru to Kirara no uwasa wa matataku mani miyako jyū ni hiromarimashita.
Kirakira hikaru kowareta kanzashi ya ôgi no kazari o atsumete …

それは思いがけないことでした。

かぐや様が月へお帰りになる時がこんなに早く来るなんて……

昨夜、かぐや様はおじいさんとおばあさんにヒソヒソとお話しをしていました。

おじいさんとおばあさんは何故か泣いていました。


キララはかぐや様と一緒に月に居た最後の夜の出来事を思い出していましたが、はっきりと思い出せません。

あの夜はいつに無く天女様たちが大勢集まって、いろいろ話し合っていました。

「かぐやは……、かぐやを……」

かぐや様のところだけは聞こえるのですが、後はなかなか聞き取れません。

なにしろ眠くて眠くて……


いつものように大好きなかぐや様の暖かい衣の中でウトウトしていました。

そしていつの間にかぐっすり眠ってしまって……

何かに乗っているかのようにフワフワと揺れて、とても気持ち良かったのだけは覚えています。

コンコン！　コンコン！

大きな音にキララはびっくりして目を覚ましました。かぐや様の袂の中から辺りを見渡しましたが真っ暗で何も見えません。

かぐや様もびっくりしたのか袂がブルブル震えているのがキララにも伝わって来ました。

カ〜ン！

大きな音とともに辺りが急に眩しく光って何も見えません。

「わあ〜！　なんと、可愛い子だ！」

泣きじゃくっているかぐや様を見て喜んでいる人の声が聞こえて来ます。

かぐや様の袂から覗いていたキララはこっそり袂の奥へ潜り込みました。

大きな音を立てた人は野や山の竹を切って細工する竹取の翁と言われている老人でした。

翁はかぐや様の袂の中へキララがいるのも気づかず、かぐや様をそっと抱いて竹籠へ入れて家へ帰りました。

「ばあさん！　光り輝く竹の中にこんなに可愛い女の子が居たよ！」

翁は自慢して抱えている籠をおばあさんに見せました。籠の中の赤ん坊を見ておばあさんは腰を抜かしてしまいました。

「おじいさん！　何処（どこ）から赤ん坊を……」

おばあさんはおじいさんが悪いことをしたのではないかとても心配になりました。

子供がいないおじいさんとおばあさんは、子供が授（さず）かりますようにと、日の出に向かって手を合わせ夜は月に向かって手を合わせ毎朝毎晩祈（いの）っていました。

おばあさんはおじいさんの話を聞いて不思議（ふしぎ）に思いながら、かぐや様を抱（だ）き抱（かか）えようとした時、きれいな着物の袂からキララが滑（すべ）り落ちました。

「あらまあ、可愛い子猫まで一緒だよ」

おばあさんは足元へ落ちてしまったキララを見て目をパチクリしました。

かぐや様とキララは優（やさ）しいおじいさんとおばあさん達と直（す）ぐに仲良くなりました。


いつも静かで話し声や物音がしたことが無かった竹取の翁の家から、笑い声が聞こえるようになりました。

二人の明るい笑顔を近所の人は不思議に思い始めました。

こっそり竹取の翁の家を覗きに来る人達もいました。

縁側（えんがわ）で夕涼みをしているおじいさんの膝（ひざ）の上で、眠っている輝くような真っ白な毛並みのキララを近所の人が目にしました。

「……あ～、あの子猫のせいか、じいさんやばあさんが元気になったのは……」

覗き見をした人達が口々に呟きながらこっそり帰りかけた時、おばあさんに手を引かれてかぐや様が縁側へ出て来ました。

かぐや様を見た人はあまりの可愛さに驚いて口をあんぐり開けたまま帰って行きました。

かぐや様の噂は村中に伝わり、遠く離れた都にまで直ぐに広まりました。

噂を聞いた人達が垣根越しにかぐや様を見に来るようになりました。

都から何度も見に来る若者も大勢いました。見るたびにかぐや様は可愛く美しくなっていきました。

キララは相変わらず大好きなかぐや様の袂です。かぐや様の側を離れることはありません。

その日も眠い目をあけて袂の中から辺りを見渡したり眠ったりしながら、かぐや様のところへ訪ねて来る青年達の話を聞きながらウトウトしていました。

今日はかぐや様の声が弾んでいます。

見なくても笹の葉の模様の着物を着た弓太郎と言う名の青年が来たのだとキララは直ぐに判りました。

他の青年が来たときとかぐや様の声が違って聞こえます。かぐや様はその青年の事が大好きなのだとキララは思いました。

キララは優しい声の青年の顔が見たいとず～と思っていました。袂からこっそり顔を出して見ました。

青年はそれは凛々しく優しく美しい顔でした。

「ミヤ～ン、ミヤ～ン」

突然、垣根を越えてあの白い塀の向こうからだろうか……、ドキドキするような素敵な鳴き声が聞こえて来ます。

キララの眠い目はパッと覚めました。鳴き声の聞こえて来る方へ行って見たくなりました。

こっそりかぐや様の袂を抜け出しました。かぐや様は弓太郎様と夢中で話をしているので、キララが抜け出した事に気づきません。

キララは初めてひとりで外へ出かけました。耳を澄ますとその声は垣根越しに見える白い大きな塀のもっと向こうから聞こえてきます。

キララは垣根の外へ行かないようにいつもおばあさんに言われていましたが、聞こえて来る声が透き通ってあまりにもきれいだったので姿が見たくてたまりません。

おばあさんに見つからないように、こっそり垣根を抜け出しました。

美しい声を頼りに草むらをウロウロ歩いて、見たことも無い場所に来てしまいました。

赤や黄色の小さな花が咲き乱れる草むらに真っ白の大きな猫が横になっていました。

キララは草花の生い茂る陰から大きな猫をじ～と見ました。

夕日を浴びた白い毛は金銀に輝き、ソヨソヨとなびくフサフサとした長い毛並みは見事でした。

「ハク～！」

大きな白い塀のお屋敷の中から女の人の声が聞こえてきました。

大きな白い猫は澄んだ声で鳴きながらその塀の中へ消えて行きました。

やっと会えた白い猫を追いかけてキララは塀の側まで行きました。

「ニヤン！」

キララは気づくとかけ声とともに、勢いよく白く高い塀へ登っていました。

お屋敷の中を初めて見ました。広いお庭に池がありました。優しそうな女の人の膝(ひざ)の上でハクは肉球(にくきゅう)をなめていました。

「さあ、お上がり」

女の人が優しく言いました。女の人の膝から降りたハクは思いっきり背伸びをしてお盆に乗せられた大きな魚を食べはじめました。

それを見ていたキララのおなかが〝グ～！〟と鳴りました。

ハクは顔をあげてキララの方へチラッと目をやりましたが、また、モグモグ、ペロペロ魚を食べはじめました。

いつもは残さず食べるハクですが、しっぽのあたりがまだ残っているのに、食べるのをやめて塀の上のキララをジ～っと見て、伸びをして向こうへ行ってしまいました。

女の人がキララに手招きをしました。

キララはどうしようか迷いましたが、あの素敵なハクのご主人様ならきっと大丈夫だろうと思って、塀を飛び降りおそるおそる女の人の側まで行きました。

「まあ！　なんて美しく可愛い猫だこと！　残りの魚だけど、ハクがあなたにあげるって……」

女の人はキララの美しさに驚きながら優しく頭を撫(な)でました。

キララはゆっくりお皿へ近づきました。今までに嗅(か)いだことも無い良い匂(にお)いだったので、夢中になって食べておなかがいっぱいになりました。

キララは口のまわりをいっぱいなめて、女の人に美味(おい)しかったとお礼の挨拶(あいさつ)をしました。

……今までにあんなに美味しい魚を食べた事ないわ……それに何よりあの素敵なハクがキララのためにお魚を残してくれるなんて……。

キララはウキウキしながら心を弾ませて家へ帰りました。

それからのキララはかぐや様の袂にいてもハクの事が気になってしかたがありません。

翁の家で食事をしなくなったキララを心配したおばあさんは、食事時にいつも出かけていくキララの跡をこっそりつけて行きました。

白い塀の女の人が用意したお魚をキララは美味しそうに食べていました。おばあさんは女の人にお礼を言って帰りました。

食事時になったのでキララはいつものようにかぐや様の袂を抜け出しました。

「キララ！　今夜は大切な用があるから、もう何処へも行かないで側にいてね！」

優しいかぐや様なのに、いつになく厳しい声にキララはびっくりして足がすくんでしまいました。

かぐや様は袂の外へ出たキララをギュッと抱きしめました。

今日のかぐや様は朝から泣いてばかりでいつもと何故か違います。

かぐや様は東の空へやっと昇り始めた満月を眺めて涙を流しながらため息をついてばかりいます。

おじいさんもおばあさんもかぐや様の肩を抱いて泣いています。

かぐや様達が何故泣いているのかキララはとても気になりましたが、それより何よりハクに逢(あ)いたくてたまりません。かぐや様達が泣いているすきにキララはこっそり膝から降りましたが誰も気づきません。

キララは垣根をかい潜ってこっそり家を抜け出しました。

今夜は何故か家の周りには強そうなお侍(さむらい)たちがいっぱいいました。

キララはお侍たちに見つからないように草むらの中に身を潜(ひそ)めて、泣いているかぐや様の顔を思い出しながらも、ハクの家へ急ぎました。

急に暖かく強い風が吹き辺りは昼間以上に明るくなり、怖くなったキララは草の茂みへ身を隠(かく)しました。

何か恐(おそ)ろしいことが起きそうで、キララはドキドキして体が震えてきました。

「姫を守るのだ」

「姫を連れ戻せ」

口々に怒鳴(どな)っているようなお侍たちの声が聞こえて来ました。

キララは誰にも見つからないように、もっと背の高い草が生い茂る中へ急いで隠れました。

突然、サワサワと草が揺れて誰かがこちらへ近づいて来ました。

キララは怖くて身動きができなくなりました。キララの目の前に笹の葉の模様の袴(はかま)が見えました。

弓太郎様です。

いつもの優しい顔ではなく、その夜の弓太郎様は別人のように怖い顔をしていました。

都で一番の弓の名手の弓太郎様は、弓を満月のように力一杯ふり絞りました。

夜空に浮かぶ光り輝く星の階段の方へ矢の先を向けました。

弓太郎は狙いを定めてじっと矢の先を見つめました。その矢の先には天女様に囲まれた白く美しいかぐや様の顔が見えました。

かぐや様の瞳には涙が溢れていました。

この矢がかぐや様の美しい顔に当たるかもしれないと思うと、弓太郎は矢を射ることが出来なくなりました。

かぐや様の姿が見えなくなって、星の階段はひとつの光の塊になって天に昇っていきました。

馬に乗ったお侍や槍を持った強そうなお侍たちは諦めて帰って行きました。

しかし、弓太郎は光を見つめたままその場を動きませんでした。

夜空が白んで遠くなった光の塊も見えなくなってしまいました。

弓太郎が肩を落としたため息をついた時、足元で身を伏せてブルブル震えているキララに初めて気づきました。

キララを抱き上げて頬擦(ほおず)りをした時の弓太郎の瞳は涙で溢れていました。

「キララ！　君も置いてけぼりにあったのですね。私はかぐや様と約束をしたのだ。来世(らいせ)は同じ星に生まれて、恋をして夫婦になって子供をたくさん育てて生涯仲良く添(そ)い遂(と)げようと！」

弓太郎はキララをギュッと抱き締めて、足元へそっと置きました。キララの頭を優しく撫でて凛々しい顔で都の方へ向かって帰って行きました。


草むらへ隠れて震えていたので昨夜起きた事を何も知らないキララは、空っぽになったおなかを抱えて、フラフラしながら家へ帰りました。

おじいさんとおばあさんは垣根を潜って帰って来たキララに気づきました。

「キララ！　一緒じゃ無かったのかい！」

おばあさんが泣きながらキララを抱き上げました。

いつも縁側へ座っているかぐや様の姿が見えません。

「かぐやが月へ帰ってしまったんだよ！」

おじいさんもキララの頭を撫でて泣きながら言いました。

キララはかぐや様に置いて行かれた事に初めて気づき、弓太郎様の言っていた言葉の意味が判りました。

キララは裏庭の木へ駆(か)け登り屋根伝(やねづた)いの一番大きな木へ登って叫びました。

「ニャ～ン！　かぐや様～！」

大きな声はでないのに涙だけはいくらでも出てきます。

どうしたら良いのか判らなくなったキララは大好きなかぐや様に逢いたくて垣根を潜って草むらをウロウロ歩き回りました。

キララがトボトボ歩いていると裏の空き地でよく見かける茶、ブチ、三毛の猫たちの話が聞こえて来ました。

「昨日の夜は驚いたニャン。月から眩しく美しい腰車(こしぐるま)が来て……」

「驚いた～！　お姫様をそれに乗せて帰って行ったニャン……」

「見たかい！　眩しく光る長い星の階段を！　月へ行くには星の階段を登ると行けるんだニャン……」

「見たよ！　見た見たニャン！」

「星をいっぱい集めて階段を作ればニャン……」

三匹の猫たちは昨夜の出来事の話で持ちきりです。

……え～！　星の階段？……

猫たちの話を聞いたキララは喜び勇んで走って帰り、おじいさんとおばあさんに星の階段の話をしました。

「かぐや様は星の階段を登って帰って行ったの？　星の階段は何処にあるの？……どうしたら作れるの？」

キララは裏の空き地で聞いた猫たちの話をおじいさんとおばあさんに夢中になって話しました。

「私達もあんなに眩しく光るものを今までに見たことが無いよ。かぐやは眩しく光る星の階段を涙を浮かべながら静かに登って行ったんだよ……」

その時の事を思い出しながら話すおじいさんの目にも涙が溢れていました。

「キララ！　私達の側に居ておくれ……」

おばあさんは縁側へ伏せて泣きながら言いました。キララはおばあさんの言葉に何も言えなくなってしまいました。

でもどうしてもかぐや様のところへ帰りたいキララはそっと裏庭へ抜け出して出て行きました。

裏の猫たちが星の階段の事を知っているかも知れないと思って、もう一度裏の空き地へ行ってみました。空き地へ行ってもどんなに探し回っても猫たちは見つかりませんでした。

歩き回って疲れたキララは垣根の下まで帰って来て、いつの間にか眠ってしまいました。

おじいさんとおばあさんは話し合って、寂(さみ)しいけれどキララを月へ帰してあげようと決めました。

「キララ！　キララや～！」

おじいさんがキララを呼ぶ声が聞こえて来ました。

帰ってみるとおじいさんとおばあさんが星の形をしたものをいっぱい作ってくれていました。

おじいさんは竹ひごで星形のお皿を作っていました。

「おじいさん、それはカッパの頭のお皿かい？……」

「おばあさんこそ、まるでネズミの座布団(ざぶとん)だよ」

おじいさんとおばあさんはニコニコ笑いながらキララのためにせっせ、せっせと星形のものを作ってくれていました。

キララは嬉(うれ)しくて忙しく動くおじいさんの手とおばあさんの手をなめては二人の膝の上を行ったり来たりしました。

キララは自分で集めた黄色の楓の葉っぱとおじいさんとおばあさんが作ってくれた星形の竹ひごのお皿と黄色の小さな座布団を大きな竹籠いっぱいに集めて屋根の上へ登りました。

辺りを見渡すと裏山の近くに天まで届きそうな大きな木が見えました。

キララはあの木のてっぺんに星の階段を作ると月へ行けそうな気がしました。

キララは走って木の側まで行きました。側まで行ってびっくりしました。とても大きな木です。

この大きな木のてっぺんに星の階段を作るのは難しそうだし、木のてっぺんまで星でいっぱいにするには星の数が足りません。

キララはハクに星の階段の話をしました。ハクはキララのためにお屋敷の庭の黄色い菊の花をいっぱい集めて毎日何度も往復して持って来てくれました。

キララは嬉しくてハクに何度もお礼を言いました。

かぐや様が居なくなっても弓太郎は都の忙しい仕事の合間を縫って、おじいさんとおばあさんを訪ねて来ては、竹の伐採や薪割りの手伝いをして帰るようになりました。

おじいさんとおばあさんは弓太郎にキララが星のように光るものを集めていると話しました。

弓太郎は都には星のようにキラキラ光るものがたくさんあると教えてくれました。

キララは弓太郎の馬に乗せてもらって初めて都へ行きました。　都はきらびやかで人がいっぱいでした。

弓太郎はキララのために要らなくなった光る物は無いか道行く人に尋ねてくれました。

月へ帰りたくて星を集める猫がいると、　キララの噂は瞬く間に都中に広まりました。

キラキラ光る壊れたかんざしや扇の飾りを集めて翁の家の庭先へ置いて帰る人も大勢いました。

都の人達のお陰で三つの竹籠いっぱいになった星を集めてキララは大きな木の根元まで行きました。

おじいさんに作ってもらった竹のハシゴにも星をいっぱいつけて用意しました。

籠を背負って木のてっぺんまで登ったのですが、　まだまだ月へ届きそうにありません。

ハシゴを取りに降りようと木のてっぺんから下を見ました。

あまりの高さにキララは急に目が回って動けなくなってしまいました。

「ミイ～！　ミイ～！」

高い木のてっぺんで泣いているキララをハクとおじいさんが助けに来てくれました。

それでも懲りずにキララは星の階段を作って翁の家の屋根や近くの小さな木に登りました。

村だけでなく都中の子供達の間にも星の階段作りが流行りました。

月が出ると子供だけでなく、大人まで星の階段を作って屋根や木に登りました。

着物に星を付けて木の上から飛んで怪我をする人もいました。

月夜に星の階段で屋根に上がったり木に登ったりと、何度試しても月へ行けた人は誰もいませんでした。

ハクが持って来てくれた菊の花もキララが集めた星形に似た木の葉っぱも全部枯れてしまいました。籠の底にはおじいさんとおばあさんが作ってくれた星形の竹のお皿と黄色の小さな座布団と弓太郎が集めてくれた都の壊れた光る物だけになりました。

かぐや様が月へ帰って三回目の満月を迎える夕刻、翁の家の薪割りをやっと終えた弓太郎が言いました。

「キララ！　都でも星の階段で月へ行った人は誰もいないよ。月へ帰るのはもう諦めて、優しいハクと一緒に暮らせばよいのに……」

弓太郎の言葉にハクも嬉そうに頷いています。キララもハクと一緒にここへ居てもいいと思うようになり月を見ても帰りたい心は少し薄れてきていました。

真ん丸い十五夜の月が昇り始めました。

今夜の満月はいつもより光が美しく強く眩し過ぎて、かぐや様が月へ帰った夜を思わせました。

弓太郎はかぐや様が月へ帰った夜のことを思い出して瞳を潤ませながら言いました。

「今夜の月はかぐや様を奪われたあの夜にとてもよく似ている！　キララ！　お迎えが来たのかもしれない……」

おじいさんもおばあさんも縁側でハラハラしながら月を見ています。

キララもハクもどうしたら良いのか判らないまま月を見上げて
「ミ〜、ミ〜」

「ニャ〜、ニャ〜」

泣いてしまいました。

キララは泣き過ぎて涙で目の前が輝いて見えてきました。

何処からかキラキラ光るものが渦を巻きながら近付いて来ました。

光る渦はキララとハクを取り囲み、暫くクルクル回っていましたが渦の回りだけ真昼のように明るくなってきました。

光の渦はピタッと止まると急に金色に輝く強い光を放ちました。

目が開けられないほどの眩しい光の渦の先に小さな星の階段が出て来ました。

星の階段を天女様がゆっくり降りて来てキララを抱き抱えました。

キララを抱いた天女様が星の階段の一番高いところまで昇り終えると、星の階段は光の帯を作りながら瞬く間に暗い夜空へ飛んで行きました。

ハクは星の階段を追いかけて翁(おきな)の家の茅葺(かやぶ)き屋根へ登りました。

おじいさんもおばあさんも弓太郎も光の帯を見つめたまま呆然(ぼうぜん)としてその場を動けませんでした。

光の帯が消えた夜空は満月の優しい光りだけになりました。

茅葺き屋根の上には十五夜の月の光に照らされた真っ白い毛のハクの姿だけがポツンと浮かんで見えました。

連雀 あきこ Renjaku Akiko

瀬戸内ロマンチカ

— setouchi romanchika — Y

Mizugiwa no kusa kara su—to
ippiki no hotaru ga massugu
tobitatsu. Chotto ma o oite
musuu no hotaru ga maiodoru.
Achira kochira no mizube kara
ippiki, ippiki to takaku noboru
hotaru ni tsuzuite za—to za—to...

沖井磯吉《オキイイソキチ》、僕の父である。読んで字顔《ジガオ》のごとく、漁師の伜である。瀬戸内海に細長く突き出した多美島《オオミジマ》の旧家である沖井家は、代々網元や造り酒屋等を営んでいる。平安末期、文治年間の古文書が伝わっているところから、沖井一党の御先祖は恐らく古代安芸水軍の一派であったと思われる。

磯吉は三男坊、長兄は浦吉《ウラキチ》、次兄は浜吉《ハマキチ》、弟は綱吉《ツナキチ》（つなよしではない、ツナキチと読む）、沖井の祖父様《ジッサマ》・泰吉《タイキチ》は随分と海に拘泥して伜達を命名したものだ。

かく言う僕は磯吉の長男、沖井洋一《ヨウイチ》だ。弟は洋司《ヒロシ》という。父もちょっとばかし海に拘《コダワ》って息子達を名付けたようだ。

大正十四年、磯吉は伊予今治藩の城代家老を勤めた古原新左衛門の孫娘・千加《チカ》と結婚した。磯吉二十九歳、千加二十四歳の春、その年の桜の開花前線が瀬戸内の島々を駆け昇ってきた頃である。

お互いに一目惚れであった。とこれは、僕が中学生の時に、泰吉祖父様《タイキチジッサマ》から聞いたことだ。

父と母の二人は分かってしまったのである。心も身もぴったりと感じ合う相手だと、動物的な本能が声なき声で囁きあったようだ。

　御家老の姫君と海賊の後裔の婚儀は非常に華やかなものであった。その当時には珍しい広島市内のハイカラな洋風迎賓館を借り切っての宴げが開かれた。

　式次第の始まりから終りまで花嫁はコロコロと良い声を響かせ笑っていたし、目を細めて見守る婿殿の顔は弛んでニヤケっぱなしだ。二人は時々、身体を寄せあって喋ったり、祝膳の料理を味わったりしている。

　甘い甘いこの光景は、現代ならば当り前のものであるが、列席者の間に大物議を醸し出し大顰蹙（ダイヒンシュク）を買うことになったのである。大半の人々が明治生れであった。

　披露宴会場は騒然としてきた。特に沖井側の面々の表情が固くなってきている。

　本心を偽ることのない二人の価値観は、感情表現でも人間関係に於いてでも一致していた。その場の空気など、どこ吹く風の磯吉と千加である。二人は幸福な時、幸せ一杯の顔になるのだ。

　今日の喜びを皆様にお伝えし御礼を言わなくては。千加はそう思った。

　またもや僕の両親は、とんでもない言動に及んだ。時は大正時代だったのだから。

「本日は誠に有難うございました。どうぞ私共の新居に是非〳〵御足をお運び下さいますよう。心よりお待ち致しております」

レディファーストでの挨拶である。会場の全員がポカンと口を開けている。

磯吉は更にその上に重ねて行く。

「男の本懐であります。人生最高の伴侶に巡り会うことができ、感に堪えぬ心持ちであります。悪妻は一生の不作と申しますが、私は豊作万歳と言うところでございます」

ヌケヌケとデレデレと、そして堂々と親戚縁者に向って宣言したのであった。

新婦の双眸は感激の涙に潤んでいた。千加は色白でくっきりした二重の大きな目の持主である。この先、彼女のこの深い黒い瞳が物を言うのである、それはさて置き。うっとりと頼もしげに愛しい男性を見上げる彼女の姿は、竹久夢二の描く大正ロマンの美人画に似ていた。

この日から誰言うともなく、千加はロマンチカさんと呼ばれるようになったのである。

珍しい尽しの披露の宴は騒がしさを増してきた。世の中がまだ少し長閑やかで大正モダニズムの華が咲き残っていたとしても、磯吉・千加の陽気な自由さは招待客の許容の限度を超えている。

非難は千加の言動に集中していた。

女が前へ出しゃばり過ぎ、笑い過ぎ、喋り過ぎというのである。花嫁が大口を開けて祝膳に箸をつけるなどは以ての外というのである。人前で夫婦といえど、男女が身を擦り寄せるなど破廉恥極まりない等々。年配者の中には怒りに身を震わせている人もいた。

白塗りにまっ赤な紅をさした花嫁御寮が歯を剥き出して笑うなど、気色が悪く品に欠けると嘆く列席者もいた。

確かに細っそりとした長い手足をくねらすように笑う千加の姿は、妖（アヤ）しの世界の女性の色香を漂わせているようにも見える。

夢二風美人であれ、妖しの美女であれ、彼女は不思議な雰囲気の女性である。夢見る少女がそのまんま大人になったような女（ヒト）であった。

沖井家一番の長老が立ち上がった。泰吉祖父様（タイキチジッサマ）の叔父の嘉助翁（カスケオウ）である。磯吉には口のうるさい厄介な大叔父さんだ。島での発言力は強く、この長老の言葉は命令となる。

「古来、男子に先んじて女子が物を言うた為、うまく行かなかったとある。沖井一党の将来を鑑（カンガ）みるに、このような結婚は到底認められませぬ。よって、日を改め婚儀を島にて執り行う。相当の期日を持ち、花嫁には当家の仕来（シキタ）り及び伝統を教え込む。千加殿にはしっかりと精進致すよう」

年は老いても眼光鋭く、有無を言わさぬ押しが備わっている。会場の一同をジロリと見渡し、最後に千加の顔を正面からぴたりと捉えたのである。緊迫感が会場を包んだ。

「如何（イカ）にぞ。泰吉（タイキチ）よ、そのように取り計らい、後日、御列席の皆々様に詳細をお報らせ致すことを申し付ける」

　唯一人として声を挙げる者はいない、七十余名の宴げは凍りついている。

　肝心の千加はというと、真っすぐ嘉助翁（カスケオウ）の眼を見返している。睨むというわけでなく、只々見返している。翁の眼光は、やがて彼女の黒い大きな眼居（マナイ）に吸い取られるように鋭利な光が失せて行く。

　刺すような目、どうなるやらと案じる眼差しが、一斉に自分に注がれているのは千加にも分かった。不作法極まりない花嫁を許容するまいと怒りに満ちた眼も多い、圧迫感が彼女の全身を包む。

　しかし、動じることなく彼女は澄んだ気持ちのままに、只々、沖井の長老を見返していた。

　朗々たる声が割り込んできた。

「磯吉殿は誠に立派な男子（オノコ）と感じ入りました。千加も真心のある芯の通った女性であります。父親である私、古原進之介が自信を持って申し上げる。磯吉殿並びに沖井の嫁として千加こそが相応（フサワ）しいと、慎んで私、古原進之介は申し上げる次第でございます」

　まるで一同の者に申し渡すとでも言う風な声音であった。とこれも僕は祖父様（ジッサマ）から聞いたことだ。

何しろ開明の志し高く政界へと駆け出して行った男性だ。普通選挙、婦人参政権などの公約を掲げ、第一回衆議院選挙に立候補の予定であった。自分の名前の連呼は、政治家としての癖である。ちっとも慎んでる風には見えない。

相反する沖井と古原の両家だ。

沖井家の女性陣は良妻賢母の教育を旨とする仏教系の女学校や私塾の卒業生が多い。古原家の方は、ほとんどが同志社女学院出身で自由闊達(カッタツ)な校風を受けて学んできていた。

「泰吉(タイキチ)、一族の頭領として直ちにこの事態を然るべく取(ト)り括(クク)りおりましょう」

負けておられんとばかりに長老が厳粛な表情で、泰吉(タイキチ)を促した。

一同が固唾を呑んで見ている。

「う〜ん」

彼は困り果てた。というのも祖父様(ジッサマ)は千加を気に入ってしまったのである。その飾り気の無い素直な性格を良しと心から思えたのである。

祖父様(ジッサマ)はもう一つの点で千加を気に入っていた。生れつき備わっていたのであろう彼女の肝っ玉の強さである。自慢の三男坊である磯吉の妻として最高の女性ではないか。今後の沖井家の賑わいが眼に浮かぶようではないか。

「ああ〜、うう〜」

「泰吉（タイキチ）、早く言わんか」

「良き嫁御を迎え、沖井家の繁栄は、いや増す限りとなります。若き二人でありますが御列席各位様におかれましては、何卒よろしく御引き廻しのほど御願い申し上げます」

板子一枚水の底、生命を賭ける生業の漁師達を束ねる網元の泰吉（タイキチ）は、いざという時の女性の強靭さを知っている。

昔々から人や物資の海の通り道である瀬戸内の島々は水軍の拠点であった。大きな戦さの勝敗に、水軍の活躍度が多大な影響を与えたのである。

瀬戸内地方は浄土真宗が隆盛な地である。沖井家も、所謂（イワユル）、安芸門徒の家系であった。

戦国時代、この海の各水軍は西国大名等に加担し凄まじい戦闘を繰り広げた。

大坂石山本願寺への大量の食料や武器や人材の補充等は、各水軍の協力があってこそ成し得たものであった。

一向宗と織田氏との対立は止まることなく、戦況は鮮烈を極めていった。沢山の男達が死んだ。信仰と我等の海を守るため散って逝った男達に代って、本拠地や家族を支えたのは女達であった。

男手が不足し、船の整備や艫綱（トモヅナ）を引くのも彼女達が担った。必要とあれば舳先に立ち指揮を執り、下知を飛ばした。鉄砲を放ち命中率も高かったという。

度胸のある男性以上に胆の大きい逞しい女性が好ましい。沖井の祖父様（ジッサマ）は、千加の中にその資質を見出したのであった。

家長の泰吉（タイキチ）が二人の婚姻を認めると発言したにも拘わらず、会場の混乱はそれから一時間余りも続いたのである。

「全く、阿呆か。両家ともどっちもどっちで」

「新居へ御足をお運び下さい……って⁉　中国の済南市（サイナンシ）の病院勤務なんでしょ、磯吉さん。そこの官舎が新居になるってことだから、ねえ晋太郎（シンタロウ）兄さん、どうやって行くのよ、ねえ？」

「全く、方向音痴に距離オンチ、苦労オンチに金銭感覚ゼロ。千加は本気で言ってるんだから。好いたお人の住む処は、大陸だってほんの直ぐそこってことさ。ロマンチカさんだよ、全く」

「千加姉さんを嫁として認めるとか認めんとか言ってるけど論外だぜ。明後日の博多発の船便で磯吉さんと姉さんは大陸へ渡る手配済みで、二人分のチケットを見せて貰ったぜ、俺は」

苦笑しながら話している若い男女三人は千加の兄妹達である。彼女の行動に慣れているとはいえ、まさかの結婚式でのこの騒動である。しかし同時に、如何にも千加らしいとそう思った兄妹達であった。

ロマンチカさんの行くところは、どういうわけかお祭りの宵宮のように騒がしく楽しく賑やかに華やぐのである。

今日のことも月日が経てば、心が温まり自ずと微笑みが湧いてくる良い思い出となるであろう。

「磯吉さんと千加みたいなお似合いの夫婦なんてそう居るもんじゃないぞ、洋一(ヨウイチ)」

後日、若き研修医となってからの僕は、結婚問題について悩んだり落ち込んだりを繰り返していた。

「要するにだ、君は振られたんだ。あの二人の子だからな、どこかピントずれしてんだよ。真面目にケッタイで風変わりだろう、お前は」

晋太郎伯父さんは、僕の相談に乗っているのかいないのか、分からないままに話しを打ち切る。最後は、長い目で運に委(マカ)してみるんだなと、締めくくる。伯父さんだって相当に風変わりな人じゃないかと僕は思っている。

磯吉はとにかく、家柄格式・器量容姿・学歴行儀作法・言葉遣いに至るまで何等の遜色のない千加ではあったが、二十四歳でやっと縁談が纏(マト)まった。偏(ヒトエ)に彼女の言動に原因があったと推測できる。

「結婚式で伯父さんも分かったんだよ、ぴったり息の合う相手でないと、どうにもならん二人だったってことをさ」

遠くを見るような仕草で、晋太郎伯父さんは折りに触れ何度も両親の結婚式場でのアレコレを面白可笑しく、僕達姉弟に語ってくれたものだ。

披露の宴はお開きとなり、人々は会場を去って行く。この迎賓館へ来る時には少し間をとって控え目に夫の背後に従っていた婦人達は、二、三歩ほど前を足音も軽やかに退場して行った。まるで夫を先導するかの如く勢いがある。

テーブル上には空になった皿とグラス、徳利と猪口（チョコ）が残されていた。あの緊張した時間、騒動のうちにも、両家の面々の卓上は何一つ余すところがない。見事な食べっぷり飲みっぷりと言わねばならない。

沖井家と古原家は健胃強腸にして腹に一物を持たず、女性陣が芯の強い陽気な性であるという似た者一族同志であったのだ。

会場から声が幾つも和した。

「良き結婚式に万歳!!」

「ロマンチカさんと磯吉さんに永遠の幸せを」

御家老の姫君と海賊の後裔の婚姻は、こうして滞りなく成立した。

明後日、文字通り博多から大海に漕ぎ出し中国大陸へ二人は向う。

講道館四段の熱き志しの医者である磯吉は良い漢(オトコ)である。命ある限り夢見る千加を守るであろう。

ロマンチカさんは元気で丈夫な子を産み、新しい夢を伝えて行く。周囲の人達を笑いと温かさに包み込み、力づけ励まし続けて行くのだった。

僕達姉弟からみても理想の夫婦というか、羨(ウラヤ)ましい人間関係である。ああなりたい……確かにそう思っている、少なくとも僕は。

仲良しの夫婦は気兼ねがない。その分、喧嘩も素晴らしい。思いやりをたっぷり含ませた大立ち回りをする。子供達が見ていようが、食事中であろうが、なかろうが。

その勝敗は、披露宴の事の成り行きからして、どうも御家老の姫君に軍配が上がることが多い。歴史的にも往々にして、海賊は御政道に屈せられているのだ。義は我が方に有り、と強く信じてもだ。

広島駅、夕の五時十七分、磯吉・千加夫婦を乗せた列車は博多へと出発した。

新婚の六年間を父と母は中国の済南市で暮らした。父は大正十年より外務省済南医科院（五〇〇床の病院）に外科医として勤務していた。新生活のスタートは病院の官舎住まいであった。官舎といっても日本の田舎の庄屋屋敷ほどの規模はある。

所を得た魚の如く、ロマンチカさんは近隣の人々との交流を深めて行った。勿論、住民からは大歓迎を受けた夫婦であった。欧米、中国、日本人等々との家族ぐるみの付合いは嬉しいカルチャーショックの連続で、そういうことの大好きな二人であった。

同じ病院には、沖井磯吉生涯の親友、川原誠司氏も内科医として勤務していた。世界連邦主義を信奉する二人の青年医師は、ガキ大将がそのまんまオジサンになったのである。どこへ行くのも何をするのも二人は一緒、磯吉が千加と結婚するまでは。

千加が済南へやって来てからは、何をするにも食べるにも三人一緒となる。

川原氏は東京への出張が多く、妻子を内地に置いてきての単身赴任であった。まず夕食は必ず沖井家でとる。食後の御茶・コーヒーを終えてから川原のおじさん（僕達姉弟は川おじさんと言って懐いていた）は、自分の官舎に引き上げる。

そのうち朝の食卓も沖井家で囲むようになった。寝ると風呂以外はロマンチカ邸が第二の我が家ということである。

仲睦（ナカムツ）まじい夫婦のこと、三人の子宝にも恵まれた。木綿子（ユウコ）・奈美子（ナミコ）・海和子（ミワコ）の三姉妹である。

つまり、ここまでの話しは、僕・洋一はまだ母親のお腹の中で卵だった時のことである。両親の最高に豊かで無邪気で朗らかであった済南時代を、僕は実感できなかった。そのことが残念でならない。

しかし我が家には、その時の形見のような味の記憶がある。母の手料理の美味しいことだ。慣れない中国での生活に千加が困ることのないように、父は近所に住む陳さんについてもらうよう手筈をしていた。彼は料理名人であった。微に入り細（サイ）に渡り……という教え方ではない。ここらで塩をチョッと足し、ドバーと醤油をぶち込んでという料理指導であったのだ、直感の働く母にぴったりの学習法だ。

エネルギー満タンの若き母が、伸び伸びと自由に育てた三姉妹は遺伝的にも天性の大らかさを持って成長していった。

豪気な姉達がいて、僕達兄弟は遠慮がちで大人しい男の子でいた。とにかく強烈な個性の姉妹に頭を押さえつけられながら、僕と洋司（ヒロシ）はひっそりとお淑（シト）やかに育っていったのである。

昭和五年・春

磯吉一家は三人の幼な児を連れ帰国した。外務省オランダ病院へ転勤の話がきたのであるが、博士号修得の為の研究論文をやり残したままになっていた父は、この話しを断る。母の千加は娘達の学校教育を日本国内で受けさせたいと考えていた。

岡山大学医学部の医局に籍を置いた磯吉は、関節に於ける外科的治療の固定術について研究論文を進める傍ら、臨床医としても経験を積んで行った。

ここでも僕等一家は大学病院の官舎住まいである。中国済南医科院のそれとは違って随分と狭い家であった。

昭和十年三月、やっとこさっとこ、僕・洋一は誕生の時を迎えた。

長姉・木綿子（ユウコ）とは八歳、奈美子（ナミコ）とは七歳、海和子（ミワコ）とは四歳違う。久し振りの出産で、しかも初めての男児誕生である。一家の喜びは勿論のことであったが、あの男女平等を掲げる古原の祖父進之介さえが、

「でかした千加！」と言ったとか。

沖井家の方からは釣り立ての大きな鯛が届けられた。姉達は済南で生まれているので、僕が磯吉の子としては初めての身近な赤ン坊ということになる。そこへもっての初男児である。

「お手柄、お手柄、お千加さん」

とこれもまた、手放しの喜びようであった泰吉祖父様（タイキチジッサマ）であったという。今とは違って男の子を授かるということは、家にとり国にとっての大事であった。

体重三千八百キログラムと堂々たる玉のような跡取息子である僕は、一族の期待を一身に集め祝われた幸せ者であった……のだが。

すでに小学生と幼稚園児とになっていた三姉妹の愛情は容赦なく僕に注がれ、グウーと頭も音も押さえつけられていたのだ。その後遺症として今でも女性に弱い。御婦人方に強く言われると、思わず「ハイ、そうですか」と弱々しく答える癖がついてしまっている。

同じ年、磯吉は医局人事で岡山南西部の矢掛町（ヤカゲチョウ）の町立病院長となる。

矢掛の町は美しい。小田川が流れる山陽道の古くからの宿場町である。

幾筋もの清らかな小川が町を駆け巡り、優しい起伏を持つ野の中には、小田川や小川の水を集めた水郷が点在している。

春夏秋冬、季節ごとの水辺の楽しさがあった。

矢掛（ヤカゲ）には十二年の夏までいたのだが、余り定かな記憶は僕にない。姉達、特に長姉の木綿子の後を追って陽が落ちるまで遊ぶ日が多かったという話しだ。

しっかりと自分の考えを持ち主義を貫き、思うところを述べる強い人間に成長して欲しいという願いを込め、父は長女を木綿子と名付けた。本当に頭が良く言うべきこと以上に物を言う子だった。

姉妹達はそれぞれにお気に入りの水郷を決めていて、小さいながらも矢掛の自然を楽しみ自然から学んでいた。

二番目の姉は、家のすぐ近場の水辺が気に入っていた。特に初夏の頃、ほんの十日間程の行事であったが、夕闇が迫ると家族全員が近場の水辺に集まるのだ。

次姉・奈美子が勝手に（甘い水）と名付けた水郷の岸に、母と姉弟四人とお手伝いのお姉さんが二人、七人が腰を下ろして待つ。

水際の草からスウーと一匹の螢が真っすぐ飛び立つ。ちょっと間を置いて無数の螢が舞い踊る。あちらこちらの水辺から一匹、一匹と高く昇る螢に続いて、ザァーとザァーと多数の螢が舞い踊るのだ。

僕達一行は立ち上ると、小川のほとりや小田川の川辺、小学校の横や庄屋屋敷の小さな塀沿いの溝、田の畦道を歩き廻る。

初めのうちは螢の迫力に圧倒され全員が声も出せずにいた。やがて母が「セーノー」と言うと、皆で歌い出す。

「螢の宿は、矢掛の小川、水がきれいで空が青い……」

旋律は唱歌の（螢の宿）だが、歌詞は母が変えて歌ってしまう。何度もくり返して歌ってくれるので子供達も一緒に歌えるようになる。ロマンチカさんである母は、その一年間での想いを歌詞に託すのである。

僕達が歩を進める度に、足元から螢が飛び立ち空へ逃げる。矢掛の螢は緑の野や道を横に拡がるように舞っていく。

数えた憶えは誰にもない、町の人に聞いても分からなかった。一万とか二万匹とかの数だったのではないか。

「矢掛の螢は大きかったのよ。その中でも私の水辺のは一際、立派なものばかり。きっと水が甘いからなのよ」

奈美子の話しは本当である。矢掛の螢は源氏螢という種類であった。水も豊かで自然環境にも恵まれ生育が良かったのだ。

今はもう小川も水郷も埋め立てられ暗渠（アンキョ）となった。宿場町は整理され道も舗装されてしまった。螢の宿はどうなったろう。

すぐ上の姉の海和子は本当に美人だ、磯吉と千加の良い所を全て持って生まれてきている。四歳しか年嵩（トシカサ）でない、だから僕の分の美の遺伝子をも持ち出して生まれてきたに違いない。ロマンチカさんみたいに女らしく嫋（タオ）やかな女性である筈だが、本性はすっかり隠され逞しい女性であった。

上の二人の姉の強力な磁力から、海和子へも容赦ない愛情が注がれた結果と思われる。

想像力や感性があり過ぎて、僕と違う世界に時々行ってしまう。

「花も鳥もお話しするのよ、洋ちゃん」

ここまでは僕にも理解できた。

「昨日、机さんが言うのには……」

これから先はチンプンカンプンの毎日であった。

長じて彼女は童話作家となり、坪田譲治賞などを受ける。さもありなん、小さい時から空想の世界で話しを紡いできていたのだ。

岡山市内から矢掛（ヤカゲ）の町へ移ってきてから、子育ては本当に楽になったと千加は思っていた。子供らしい子供にが彼女の望みだ。

山あいのこの町は、こじんまりして穏やかだ。でもどこかに古代日本の息吹きが残っている里であった。

北東には鬼の住む郷があったという城塞跡、南西方面を吉備路沿いに行くと桃太郎伝説が語り継がれている。

吉備津彦神社や古い御社が人々の生活と共にある。

矢掛の町中を巡る名もない小川や水郷で一日中、子供達が遊びまわっている。安心して町全体に頼り切った快適な暮らしは有難いことであった。

磯吉は自転車で病院と自宅を行き来していた。朝夕だけでなく、千加からのＳＯＳがあれば事情の許す範囲で全速力で５分間、自転車を漕ぎ家へ急ぐ。事態が収まると、ペダルを踏み込み優しい起伏を持つ野道をガタゴトと病院へと戻って行く。

呼び出しの原因はたいていが子供達の怪我や、迷子になって食事時にも帰って来ない等である。

四人目が産まれると、千加の実家からお手伝いさんがやってきた。年配でベテランのみつさんとすみさんの二人だ。

若くて元気なすみさんが子供達につき合って、一日中を野辺や小川のほとりで見守ってくれた。彼女は下級武士の孫であり、士族という身分に誇りを持っているだけあって、武芸に通じていた。

その彼女をもってしても、三人の娘達を追っかけ、無事に家へ連れて帰るのは難しいことであった。三日に一度は磯吉が自転車を転がして帰宅しなくてはならなかった。

　抜群の運動能力、敏捷性、度胸に加えて好奇心が人一倍強い女の子であった木綿子は、同時に行動力、持続力にも長(タ)けていた。悪戯も並外れていた。失敗すると怪我。遠征すると行方不明となるのだ。

　海和子(ミワコ)もすみさんにとっては厄介だ。岩穴、廃家、路地などの隙間が少女の心を捉えるらしく、見つけたら最後、行けるところまで進んで行ってしまう。隙間や路地や細道の向うで話し声がすると言う。挙句(アゲク)は居場所が分からなくなってしまうのだ。

　姉の木綿子に言わせると、後から付いてきているとばっかり思っていたら、いつの間にやら気づくと姿が見えなくなってしまったと報告をしてくれる。理路整然とした話しぶりに、海和子の移動の追跡ルートが決まり、その中の隙間、路地、細道などに焦点が絞られ、皆が駆けずり廻り、磯吉が自転車で遠方まで走ることによって無事に発見。海和子保護、一件落着となるのだ。

　家から近場の大きな水郷の端に陣どっていた奈美子(ナミコ)は、余り問題を起さない。注意深く何かを観察していたらしい。ノート何冊分かの絵入りの記録を書いていた。

姉妹達の一大事にも一切関心がないらしく、どっち方向へ行ったのかと父親が聞いても、すみさんが尋ねても答えは要領を得ない。

「あっち」

「いえ、こっちかな」

「やっぱり山の方のような気がする」

などと、まるで役に立たない。

まぁ、小学低学年だったのだから当り前の反応であった。

子供達の自由な行動を押さえつけることなく、しかし全力を掛けて磯吉と千加は我が子を育てて行った。

まず二人が教えたかったことは、生きて行くことはとても楽しいのだと言うことに尽きるのだ。

矢掛(ヤカゲ)の町は、そんな二人にとって理想的な土地だ。ここが子供達にとり故郷になれば良いのにと、本気で思った時期もあった。

昭和十二年・夏

僕が生まれて二年余り経った。父にまたもや転勤の打診があった。ヨーロッパのどこかの国へ医官として赴任して欲しいというものであった。済南での実績と語学力・外科医としての腕を買われての要請であったが、特殊な形式の勤務のようにも磯吉は思った。

昭和十二年七月には支那事変が起きる。民衆の中にも、今までとは違うきな臭さを感じるニュースが流れていた。

矢掛（ヤカゲ）の町を離れるのは淋しく心残りであったが、どうにもならない。この町は落ち着いてしっとりと情緒を漂わせている。農も林も豊かでバランスがとれていた。病科を揃えた町立病院も人々の役に立っているようだ。人口は一万人程、螢の数の方が優に多い。ここでの開業は考えられない。

母は少し気落ちした。子供達と暮したこの町への思い入れは断ち難いものがある。自然と人の気に包まれ、幸せな時を得られたことに感謝の念を捧げつつも、この町を離れなければならないのだろう。

ここで生れ育った長男坊の洋一（ヨウイチ）は、元気も元気のやんちゃ盛りを迎えている。木綿子を真似てばかりいるが、活発さは到底女児の比ではない。生傷が絶えない、カサブタの脹る前に生傷が増える。シャツやズボンは血だらけで洗濯が大変だ。充分に楽しんで動き廻っている、痛いとも泣かず飛び出して行く。お腹が空いたと帰ってくる。眠たくなると少しだけ母に甘えて昼寝をする。姉達に負けじとよく食べ、よく喋る。自己主張しないと我が家では存在を無視されそうだとばかりに張り切っている。
さすが男の子だ、馬力有り、と思うものの手が掛かるのも男の子だ。
千加は第五子を身籠っていた。

昭和十二年・秋

軍都として知られていた広島市は学都でもあった。芸州広島は明治まで浅野氏が在封した大きな城下町である。広島城を中心に太田川デルタが発達した都会である。

沖井家の本拠地・多美島（オオミジマ）は広島県下にある。子供達の進学のことも含めて、父と母は故郷に近い広島市に移り、沖井外科医院を開業した。

広島市内を流れる元安川に架かる本川橋のたもと・元柳町に沖井医院はあった。診察室と処置室、薬部からの三室に居住空間が併設されていた。

家族六人にお手伝いのみつさんとすみさんが、矢掛町から引き続き一緒にいてくれることになった。引越しするたびに狭い家となった。それにもうすぐ家族が増える。

姉達の小学校転入手続きやら引越しの片づけやら、大わらわのうちに母は出産日を迎えた。男の子が産れた。僕はお兄ちゃんになったのだ。

洋司（ヒロシ）と名付けられた弟は、色白で細っそりとしていた。僕に似ているようにも思えた。

「まあ、可愛いこと」

僕はそんな言葉をもらったことがない。

「洋一君は元気な良い子だねぇ」

大抵がそんなところだった。

男同志だ、力を合わせて対抗しなければならない。あの強烈な姉達に大和男子たる僕達は反撃しようぜ。お猿さんのようにまっ赤な顔をした洋司（ヒロシ）の手を僕は握ってやった。赤ん坊のくせに、握り返す手は思いの外に力強かったことを僕は記憶している。


大都会での暮しは、活気があっても狭苦しく窮屈なものであった。慣れないことも多く子供達には遊び場が見つからない。

家の中で子供達は遊ぶようになった。

仲睦まじい夫婦はよく喧嘩をする。仲良く遊んでいた子供達も、しょっちゅうケンカを始める。

磯吉と千加の夫婦喧嘩も激しいが、姉弟ゲンカも仲々のものだ。

みつさんとすみさんがニタニタして見ているだけだった。この二人は声を荒げたことがない。

野良猫が毛を逆立てて、大きく息を噴く。それから鳴きながら吼えながら、或は唸りながら取っ組み合いをする。丁度、あんな具合に姉弟ゲンカをするのだ。仔猫のケンカだ。

小学校の家庭訪問でのことである。余りにも突拍子もない質問をしたり、宿題を平気で忘れたり、遅刻も多く、時には三歳の弟を連れて登校する沖井三姉妹に手を焼いた教師が尋ねて来たのであった。叱っても応えないと。

「一体、沖井家では、どのような教育をなされておられますか」

呆れ果てたという表情が見てとれた。

母は澄まし顔で答えた。

「私共の方では子供達の本性に合うように、それぞれ自由にさせております。飼い犬の野良犬風放し飼いとでも申しましょうか。逞しく成長して喜んでおります」

そして例のロマンチカさんの黒い大きな瞳で教師を正面から見据えた。僕の母は、目で物を言ったのだ。

仲良し姉弟ほど、よくケンカをする。そして頭を並べてぐっすりと眠る。朝の目覚めは気持ちが良い、又、仲良く遊び馬鹿騒ぎのケンカをする。その中から学び取るものは大きい。気持ちの切り換え、物の見方、連帯意識、時に応じての勝ち方負け方、手の出し方加減も勉強をさせてもらったと僕達は思っている。

人口の多い、賑わい豊かな広島市ではあったが、沖井医院は経営的には大失敗であった。すでに市内には古くから開業していた外科専門の医院が二軒あった。その一つの島外科は地域に根づき市民の信頼を得ている大きな存在であった。

軍都の広島ではあるが、軍機関はそれぞれに医療班を持つか医師を数人抱えていた。

三軒目の沖井外科に需要は少ない。

父と母は大家族、職員を食べさせて医院を維持して行かねばならない。苦労もあったことであろうが、両親の持ち味の見せ時でもあった。

家の中は赤ン坊の洋司（ヒロシ）を中心に笑いが絶えない。毎晩、皆で童謡や歌曲を歌った。暇であったから看護婦さん達も一緒だ。

父と男性職員は夜釣りである。磯吉は漁師の伜であるから、お手のものの特技である。若い皆の胃袋を満たすには充分な魚が獲れたのであった。母も大したものだ。小さな裏庭にあった石灯籠を片して、みつさんと二人がかりで畑を作り、野菜を植えつけた。庭石は漬物の重しにしたと言う。

嫁入りに持参した着物の何枚かは現金に変えられた。しかし若々しく華やかな上物は帯付きで三揃えにされ大切に仕舞われた。それはすみさんの嫁入り用にと、ロマンチカさんは考えたからであった。何もできないけど、せめてこれだけはという心遣いである。

多美島(オオミジマ)の方からも孫の顔が見たいからと、泰吉祖父様(タイキチジッサマ)が土産を携えやってきたり、今治からも次々と親類の人達が顔を出してくれた。

時間はたっぷりある。それはそれなりに来客を大歓待できた。盛り沢山の食卓になったし、まだ酒は手に入った。他の地域より広島は物資が溢れていたようだ。

只々、沖井医院はジリ貧の一途となっていった。

或る日、看護婦の二人が見るに見兼ねたのか、今月より給料は頂だいしませんが、ここに置いて下さいと申し出た。男性職員は自分にも生活があるので、別の病院に就職したいと願い出てきた。


広島市を去る時機が来た。

元柳町の橋のたもとに、夫婦して意を決した医院開業から僅か二年弱。でも、生まれた赤児はもう歩いている、力強い足取りだ。

知人を通じ、山口県岩国市の外科病院開設の招聘(ショウヘイ)に応じた。

未知の街だ。だからこそ期待が膨らむのだ。

昭和十四年・夏

岩国は山口県東部の街である。広島市とは海を挟んで対角線上にある。美しい安芸の宮島も見える。その神の島の向う側が広島市だ。

麻里布（マリフ）の浦と呼ばれた岩国東部は歴史、文化、風土、経済等々は広島圏のうちにある。住民の多くは軍都、学都、商都の広島市や呉市へ往来をしていた。汽車に乗ればすぐである。

遠浅の海が広がっている。錦川が市中を貫通し安芸灘へと注ぐ。

干潟や田畑は干拓が進み大きな繊維会社やパルプ工場他が操業され、通称・人絹町（ジンケンマチ）と呼ばれた企業城下町としての発展を見せていた。

海・陸の軍の基地の充実も計られている。

大層な賑わいだ。成長していく都市と光る瀬戸内の海。

新しい病院は市街地から少し離れた北寄りの高台にあり、一部鉄筋コンクリート造りの三階建の立派な建物であった。廊下で繋がれた住宅は木造二階建である。

両親と僕達子供が五人、みつさんとすみさん、広島の医院から付いてきてくれた二人の看護婦の吉村さん中山さん。総勢十一名の大所帯だ。狭い。

一同は荷解きをする前に、先ず美味しい御茶を飲むことになった。新築なった病院、家屋を眺めながら全員が、どんな風にここで暮らしたいのか、どうして欲しいのかの要望を、夫で父で院長である磯吉に申し出るという事に決まった。

楽しい意見やアイデアが集まった。

ロマンチカさんは早速、新築の居住部分の増築にとりかかった。

磯吉は庭師を呼び、仕事の合間に打ち合わせを始めた。僕と洋司（ヒロシ）も庭組だ。蛙と魚の飼える池が欲しいと言ったからだ。草むしりと水替えを自分達でするという約束で願いは叶えられた。

入院設備の整った診療棟は、看護婦や事務受付職員も揃い、八月下旬に開院した。

住まいの方は、三月後の完成になるということであった。

ロマンチカさんは錦川の上流の山裾近く、室の木（ムロノキ）の里の離れ屋付きの山荘を購入した。

引越しを済ませたばかりなのに、家族は病院から歩いて三十分程の山の家にまた移動だ。

そこから人絹町の沖井病院へ通う。

埋立地が中心となって発展してきた麻里布（岩国東部）は、だだっ広く排水用の小川があちこちに通じ、池や沼も沢山あった。

さぁ、これは僕達子供のパラダイスではないか。

室の木（ムロノキ）の山で遊び、野を下り、池に落ち沼に落ちる。アメンボやオタマジャクシにはじまり、蛙に蝶々にセミやトンボの虫取り、うなぎまで掴まえる僕には、大勢の友達ができた。

姉達も女らしさが出てきたらしく、僕達男性陣とは一線を画した。

僕は伸び伸びと子分を連れて、日がな一日中を山中から海辺まで探検と採集に明け暮れた。三つ違いの子分の洋司（ヒロシ）は、途中で体力の限界がくる。僕はお構いなしで先へ進む。弟も自力で沖井病院まで帰ったようだ。

昭和十五年・春

僕は麻里布（マリフ）小学校へ入学する。その翌年の十六年には岩国東小学校が開校され、僕は二年生として移る。一・二・三年生だけの小学校。桜の苗木が僕達と一緒に大きくなって行った。人絹町（ジンケンマチ）の人口はどんどん増えていく。


太平洋戦争が始まり、戦争は長期化の様相を帯びてきた。

沖井家は相変らず来客が多い。

住空間を拡げたことや室の木の里山の家もあったので、常に親類や父の友人の子息などの預り人が二、三人はいた。麻里布は地の利が良かったのだ。広島大学や高校へ通学していた。姉達も広島の女学校や女子高等専門学校へ通っていた。

次女・奈美子（ナミコ）の弾くピアノを囲んで若い男女の大合唱が夜毎に響く。時として看護婦も事務職員も加わる。磯吉や千加もたまに寄る。童謡唱歌が中心となるが、ドイツやイタリアの歌曲であったりした。米、英、仏国の歌は敵国の為、歌うことは禁止されていた。

一番の美声は磯吉のテノールとロマンチカさんのソプラノだ。この二人が合唱に加わると、まるでプロのファミリー合唱団のようになるのだ。

磯吉生涯の親友、川原誠司氏は中国に残り、医療活動をしていた。沖井家が住居を替える度に遠路はるばると訪ねて来てくれた、岩国へは特に幾度も。磯吉、千加、川原氏の三人が集まるとトリオ結成だ。川おじさんはバスだ。重厚な合唱だった。この日ばかりは若き等は全員聴衆である。

昭和十七年、秋。丁度、名トリオが歌い始めたところで、ロマンチカさんは産気づいた。可愛い女の子の誕生である、麻里子（マリコ）と名付けられた。胎教が良かったのか、抜群の音感と美声を持って生れ出てきた磯吉と千加の第六子である。

僕は背が伸びた。腹がいつでも空いてくる。家族も預り人も元気良く順調に育っている。

食料や物資がちょっとずつ不足してきた。

また磯吉釣り師の登場となった。僕は充分に役立つ助手である。

泰吉祖父様（タイキチジッサマ）は手漕ぎの船で魚や海草、酒や醤油を届けがてら会いに来てくれた。島の若い衆が兵隊に取られ、八十歳近い祖父様（ジッサマ）が漁師に戻っているのだという。


昭和二十年に入り、物不足はますます日常的なものとなり生活を圧迫していた。

沖井家の事務職員は三人とも招集令状を受け郷里へ帰っていった。すみさんも今治へ戻り幼馴染に嫁ぐのだと去っていった。相手が出征しないうちに杯事を済ませ嫁になる。仲人は千加の父親・古原進之介が買って出た。晴れ着は以前より千加がすみさんの為にと取っておいたものである。もう花嫁衣裳の準備をしている時間も余裕も無い時世であった。

「すみさん、幸せですか」

麻里布（マリフ）駅まで送って行ったロマンチカさんが、すみさんに聞いていた。

「有難うございました。晴々とした心です」

二人の会話はこれだけだった。自分が愛しく頼もしく尊敬できる磯吉と結婚したことを無上の幸せと思うロマンチカさんは、すみさんの気持ちが分かったのだろう。

昭和二十年、三月。

海軍岩国基地に（天雷特別攻撃隊）が置かれた。米爆撃機Ｂ29の迎撃を任務とするものである。二百五十キロの爆弾を装着し高度一万メートルから急降下、敵機の編隊に突入する零戦乗りである。

医師会の会合が錦帯橋近くの料亭久義萬の（半月庵）で開かれた。隣りの部屋の宴会は海軍の士官達であった。その中の特攻隊の分隊長の海原中尉と出会う、磯吉はその人柄に引かれるものがあった。

古くからある飛行学校の練習生や訓練生には、倶楽部と言われる模擬家庭があった。

「おかえりなさい」の声に迎えられ、

「気をつけて、いってらっしゃい」に送られる。休日には、同じ家に卒業するまで遊びに行ける。お母さんがいて、お姉さんがいて、弟や妹がいたりする。一般の家庭の協力があっての施設である。学校の隊長はお父さん、班長はお兄さん替りに見立てていた。

「この子達には、そういう場所がない。料亭や旅館は将校用と一般の兵隊向きのものが指定されているが、この子達はそういう所に出入りできません。苛酷な訓練の後は眠るだけなんです」

海原中尉の目の奥がうるんでいた。何を訴えたいか磯吉には判った。

即答である。

「大将でも士官でも、訓練生でも戦闘機乗りでも整備員でも誰でも来い。但し、沖井家では階級は通用しない、みな平等だ。（半月庵）ではなく（沖井満月庵）である」

三日後から二十人近い若者が沖井家を訪ねてくるようになった。

ロマンチカさんは、二間続きの和室の荷物を全部片づけて（僕達に室ノ木の山の家に運ばせて）大広間とした。子供部屋だったところだ。麻里子を除いた姉弟五人が、すみさんの部屋に押し込まれた。

しばらく途絶えていた野良猫の姉弟喧嘩が始まった。僕は身長が伸びた、小柄な木綿子姉ちゃんに口で負けても体力では引けを取らない筈だ。

「生意気な洋一！」

きつい一言が木綿子から発せられた。

「何～い。年上だからって横暴すぎるじゃろうが」

果敢に僕は強敵に立ち向っていった。小学校でも大体の奴に喧嘩では負けない僕だ。

「ヤァ」

「ワァ」

何がなんだか。次の瞬間、身体が浮いた。軽くあしらわれて投げ飛ばされたのだ。また僕達兄弟は窮屈な暮らしになるな。姉三人に頭が上がらない。特に長姉の木綿子には尊敬の念すら湧いてきた。

「お見事」

時代劇みたいに格好つけて、お前が言うなよ洋司。と僕は毒づいていた。

不満たらたらの僕だったが、航空隊のお兄さん達が我が家に来るようになって、楽しいことばかりだ。

訓練を済ませた人から三々五々集まってくる。

畳の上に大の字になって「あぁ〜」と息を大きく吐く。故郷の家を思い出しているのが、小学生の僕にも分かった。

身振り手振りを交えて飛行機の空中戦の話をしてくれたり、相撲をとってくれたり、遊んでもらって可愛がってもらったり。夜毎の合唱にも参加し、門限を気にしながら基地の宿舎に戻っていった。歌のレパートリーに軍歌も加えられることになった。

出撃命令が下れば、爆弾の先にピンで留めてある風車が一つ付いた零戦に機乗。B29の編隊を見付けると、ピンを外し闘いを挑む。風車は一定数の回転が終ると、爆弾が爆発する仕掛けである。自分の死の秒読みをしながら一番有効な操縦を計算しなければならない。命を懸けて国を人々を守る。しかし……

覚悟と懊悩（オウノウ）と使命と誉れを心中に抱えての幾十日間であったであろう。
沖井家で束の間の和らぎと寛（クツロ）ぎの時を過ごしていた航空隊の青年の気持ちなど、小学六年生の僕に理解できる筈がない。飛行機乗りのお兄さん達が、毎日遊びに来てくれることが、これから先もずっーと続いて行くものと信じていた。

それでなくても大所帯である。育ち盛りの子供達と若者達の食料の調達をどうすれば良いのか、呑気な千加も頭を痛めていた。

特攻の青年達は三度の食事は隊で食べる。でも折角に遊びに来るのだ、小腹を空かした皆に楽しい間食を。

家族に預り人、住み込みのスタッフ。そこへ天雷特攻隊の若者達。物資は不足していた。
山海の幸は筍や野草、磯吉の釣る魚、洋一は泥鰌や鯉や鰻とり。室の木（ムロノキ）の山の里山から麻里布（マリフ）の川や池、そして海辺まで捜せば食材の一部は集められた。泰吉祖父様（タイキチジッサマ）も伝馬船を操って何往復もし色んな食べ物を搬入してくれた。

真心と工夫を込めての料理方は千加と木綿子が担当した。

健康な胃袋に充分の喰べ物、あの時代にどんなマジックを使ったのだろう。一日中、嬉々として動き廻る千加。青年達の逞しく温かいお母さんのロマンチカさんがいた。

昭和二十年七月中旬、岩国基地の天雷隊に第一次特攻隊として福岡の前線、築城(ツイキ)基地への転出命令が出た。十人の隊員が選ばれた、誰が行くとしても辛い別れだ。

ロマンチカさんは、娘達の嫁入仕度用にと買い求めてあった絹の白羽二重の反物を旅立つ十人の若者のマフラーに仕立てた。生地も不足しスフという化学繊維で作られるマフラーでは、防火、防寒に役立たない、肌心地も悪いからだ。

隊員達を乗せた輸送機は、沖井病院の上空低く翼を二、三度振り、築城へ向け飛び去った。昇降口から身を乗り出した隊員達がロマンチカさんのマフラーを振り続けた。屋上には、沖井家の全員、病院のスタッフや入院患者も数人が輸送機の機影が見えなくなるまで手を振り続けた。

内藤さん、加藤さん、高野さん、福山さん……海原中尉も乗っていた。

広島市内に通学する姉達は、学徒動員に狩り出され授業は殆ど受けていない。木綿子は工場で旋盤を廻し、奈美子は火災緩衝帯で予定地内の家屋を壊す作業に就いていた。ロープを建物に掛け、女学生達が引き倒すのである。友人知人の自宅もあった。

広島も岩国も不思議なことに一度の空襲もない。

大分の築城(ツイキ)基地から、内藤・加藤両名の出撃命令が出たとの連絡が入った。送別会は八月六日であった。

「このままの別れは無いと思う」

木綿子は言い出したら聞かない。列車の切符など入手困難な時代であった。本数も減っている。運行時間通りの走行は期待できないのが当り前の状況であった。

「お父さま、一生のお願い。明日の乗車切符が欲しいんです。朝早く発てば夜の送別会には間に合うと思うの」

磯吉は駆けずりまわり、ようやく一枚の切符を得て帰宅した。

「あの～ぅ、お父さま。話し合ったんだけど、あの方達はお歌がね、お好きでしょ、それでね、あの～、私も海和子(ミワコ)もね……」

大方の察しはついた。早く言いなさいよ、磯吉は思わず大きく溜息を出していた。八月の盛りの夏日、それにしても昭和二十年の夏は、猛暑であった。三枚の切符を手にした磯吉が、診察室に戻れたのは、午後を大きく過ぎていた。

うちの家族は何だろうか？

暮し向きは？　うんとこ悪い。六年生ともなれば、それくらいは分かる。我が家は深刻な食料不足なのだ。

ロマンチカさんは、家中のありたけの食材を使って、築城へ行く姉達へ持たす土産ものを作っている。岩国に残っている航空隊のお兄さん達も基地の売店からバターや小麦粉などを買ってきてくれた。

「加藤さんも出撃するんだったら、僕も送別会に出て、一緒に歌いたかったな」

洋一（ヨウイチ）は天雷特攻隊の中で、加藤さんが一番好きだったのだ。

学校から帰ると山へ出かけた。野苺、山ザクロ、猿梨の実、青いけど甘い柿の実。野生の三ツ葉も沢山摘めばおひたしにできる。

次は川や池・沼の水の領域。鰻は前の晩から仕掛けてあった、豊漁だ。小海老も掬（スク）い取りバケツ一杯の収穫となる。穴場を知る僕は名人だ。良い土産が揃いそうだ。

それにしてもだ。

うちの家族って何してる?

家中の食材が底をついている、明日の食卓はどうするの? 大所帯だ。

父は夜釣りに行ってくる、と出ていった。木綿子は鰻の頭に目打を打ち込んで割いていく。母と奈美子は無けなしのお米を炊き鯖寿司もどきを作っていた。海和子はバターと小麦粉と甘茶蔓から作った甘味液とでカステラ風ケーキを焼いていた。

美味しい手土産の料理やお菓子を囲んで、久し振りに沖井三姉妹と唱う第一次天雷特別攻撃隊の若者達を思い浮かべながら、ロマンチカさんは心鎮め作業を進めて行く。

八月六日、早朝。

岩国の駅から沖井三姉妹は福岡築城(ツイキ)に向け出発した。手に一杯の荷物を抱えていた。

案の定、汽車は停車したまま動き出す気配はない。三十分後発車、ガタゴト。すぐ停まりまたすぐ動き出す。長い時間は経っていったが幾らも進んでいないようだ。姉妹の気は焦っていたが、当時の列車事情はこんなものであった。

窓を開けて位置の確認をしたかったが、走行中の列車から表の様子、景色を見ることは軍事上、厳禁されていた。開ければ、それだけの行為でスパイ容疑をかけられるのだ。

閉め切りの満員の客車の中に稲妻より白い眩しい光が走った。腹腸(ハラワタ)を揺さ振られるような振動が起きた。身体が、内からも外からも圧力をかけられたように強張(コワバ)る。地の底へ引き摺り込まれるような音が響いた。

異常だ、只ごとではない。海側の席に乗車していた木綿子(ユウコ)は、すぐに窓を開けた。勿論、それが国防上の禁止規定であることは百も承知であったが、そうせずにはいられない。海も空もムーンとした光を彼女に照り返してくる。

安芸の宮島の向うに雲が湧いている。猛烈な速さで上昇している。北々東の方角だ。広島市内上空であることは間違いなかった。

　同乗していたと思われる憲兵が一人、三姉妹の元に駆け寄ってきた。

「こら、窓を開けてはならん、閉めんか……」

　車窓から奇妙な大雲を見た彼は「あっあっあああぁ」と呻いたままになった。

　他の乗客達も一斉に窓を開けて海の彼方を見る。モクモクと上がっていく雲は大きな入道雲を形づくっていった。中心は黒く不気味で、雲のまわりはピカピカと白く輝いていた。学徒動員で友人達はあの下で働いている筈だ、無事でないかも知れない。

　停車していた列車が、ゆっくりと動き出した。喋ることさえ忘れていた人々が話しだす。車中が騒がしくなり落ち着きを無くしていく。

「窓を閉めろ。大人しく元の場所に戻れ」

　我に返った憲兵が声を荒げた。

「君達は?」

　儚げに三人姉妹は寄り添っている。爪も牙も隠したまま憲兵を見つめた。

「面会かい？　お父君に」

「いえ、兄にですの」

奈美子(ナミコ)が小さな声で答え、海和子が可愛らしく無邪気に大きく頷いた。窓を開けた件については触れられなかった。

ロマンチカさん譲りか、沖井三姉妹も多少は目で物を言い難局を乗り越えた。

どういうことか、あんなに停車を繰り返していた汽車が、それ以降、一度も止どまることなくまっしぐらに築城（ツイキ）に到着したのであった。


二日後の八月七日夜。

疲れ果てた三人の姉達が岩国へ帰ってきた。僕は嬉しくなり「ねぇ、お兄さん達は喜んだでしょ。鰻が一番旨いって言ってくれた？」と纏わりついた。姉達に反応がなかった。築城の様子も知りたかったし、それよりももっと話したいことがあったのだ。


八月六日、明日から一週間の夏休みが始まるというので、僕達は校内清掃をしていた。大きな鏡を使ってイタズラをする奴がいる、一人じゃないぞ、この眩しさは。デッカイ鏡だ。この非常事態に何たる！　小学生だって、うかうかしていられずに運動場で芋を作って働いているのだ。

「犯人はどいつだ」

見廻していたら、突然にドゥーンと激震が走った。

ドゥーン。地震だ、大地震だ。校舎が震え、窓ガラスが何枚も割れてパラパラガシャガシャと校庭へ落ちていった。

その日の午後、広島へ通勤通学をしていた人々が徒歩で岩国へ戻ってきた。(ピカ)に向いていた半身だけが、黒く変色し爛(タダ)れ暖簾(ノレン)か若布(ワカメ)のようにダランとぶら下がっていた。

金属供出命令は病院も例外ではなかった。外科手術用医療具は何も残っていない診察室で、磯吉や看護婦達は必死の治療に当った。ピンセットすらない。母は割り箸の先を火で炙(アブ)った木製ピンセット擬(モド)きを大量に用意し、父達を手助けした。

同級生のマサル君や征一郎君のお父さんも沖井病院へやって来た。ヘトヘトに疲れボロ布の様に背中から皮膚や肉が垂れていた。

良子ちゃんや靖子ちゃんのお父さんやお兄さん達が戻らない。泣きそうな顔で二人は僕のところへやって来たので、号令をかけ遊び仲間を集めて大通りを広島の方へ捜しに行ったりもしたが、暗くなったので僕達は各々の家へ引き上げた。

爆心地の広島ではピカと光るとすぐにドンと爆発音がした。〝ピカドン〟と呼ばれた原子爆弾は島外科病院の上空で炸裂した。

昔、住んでいた広島市元柳町の沖井医院は、そこから僅か三百メートルの近さであった。

岩国ではピカッと光ってから、ようやくドゥーンと聞こえたので、僕達は〝ピカッ・ドゥーン〟と言った。

大変なことが起ったのだろう、そう思うぐらいしか小学生の僕には理解できない出来事であった。

あれもこれも姉達に報せたかった。特に頼り甲斐のある木綿子姉ちゃんに喋りたかったのだ。

「加藤さんが死んなさった」

二階への階段を昇りながら、たった一言、木綿子が呟くのが僕にも聞こえた。

八月八日、三人の姉達は死んだように眠りこけている。昼過ぎた頃に木綿子が起きてきた。母と話している。

「お止しなさい。えらいことになってるらしいわよ。危ないからね」

ロマンチカさんにしては珍しく、何やら木綿子を止めている。

父や母に、僕達子供はやりたいことを反対されたことはない。自分なりの理由を考えて申し出れば、助けて貰えたぐらいだ。

やってしまったことに対しても叱られた記憶はない。申し開きができるかどうかを問われるだけだ。

悪戯をする時や我が意を通そうと思うと、まず、この申し開きが立つかどうかを考えなくてはならない。従って子供達のやることに滅相なものなど無かったのだ。意識しないままに、僕達は充分に躾(シツ)けられていたらしい。

木綿子は女学校や学徒動員先の工場や友人宅で消息を捜すのだと、広島へ徒歩で向った。水筒とカンパンとノートと鉛筆を肩掛け鞄に詰めて行った。

決心の固い木綿子を説き伏せるのは難しいことだった。とっておきの氷砂糖をロマンチカさんは木綿子の鞄に入れてやった。

命だけは得ることができ岩国へ帰ってきた人々の治療に、乏しい医療設備の中で直に当っている磯吉は、大きな危惧を持った。

ベテラン医の彼は、怪我人の症状や病状経緯に困惑していた。手の施しようがない、情報も薬も入ってこない。凄まじい事態が広島で起きたという現実だけがあった。

陽の長い夏の日が、とっぷり暮れてから木綿子は帰宅した。灰色の様な汗が顔や手や足にもこびりついていた。

順序立て分かり易く淡々と、彼女は広島の様子、並びに被害状況を一時間程で要領よく纏め、沖井家の人々に話し伝えた。想像を絶する被害者の症状、跡形もなく消え去った広島の街、破壊力の強さ、聞いているだけで家族はその凄惨さに身が凍る心地がした。

八月九日、木綿子は高熱に続き嘔吐が始まった。悪心（オシン）、譫言（ウワゴト）、摂食不良、意識混濁を起すが、薬剤もない。冷やす、擦る呼びかける、無理強いに水を飲み込ます等々を、僕達姉弟が分担をして看病に当った。

三歳になったばかりの麻里子も参加している、可愛い手で姉の身体を一生懸命に触っていた。

「木綿子姉ちゃん（ウーコネータン）」

倒れてから三日目に入り、麻里子の何度目かの呼びかけに、木綿子は正気を取り戻した。二次被爆を受けていたのだった。

この幾日間か、兵隊さんが高射砲を街外れの桑畑に設置しだした。不思議なことに最近、敵機の来襲がない。時々、偵察機が飛んで来た。いずれＢ29機の空爆があるぞ、大人達はそんな話しをしていたから、事態に備えているんだろう。

頼もしい高射砲は台車に乗せられ運ばれて行く。指揮を執る下士官が笛を吹く、ピッピ。嬉しくなった僕と友達のマサル君や征一郎君らは、高射砲の行列の後を追っかけていった。ヨイコラ、ピッピ。ヨイコラ、ピッピ。

毎日、高射砲陣地のある桑畑に三人で遊びに出かけた。その後に、川や池に鰻とりの仕掛けを置くのも忘れなかった。

八月十四日、暑さは一段と増していた。警戒警報が発令され、朝礼が終るとすぐ下校となった。

昨日は驚く程、鰻が獲れた。それも肥えた美味しそうなやつばっかりだ。早く帰れば昼食には食べられる。そう思いながら僕は家へ帰ってきた。

長姉の木綿子は三日前に床上げをした。ガリガリに痩せてはいたが、顔に生気が蘇っていた。食うわ、食うわである。採集生活責任者である僕は、駆けずり廻って食べられるものを集めた。

少々の危険など、何のそのだ。究極の採集物は蜂蜜だ。マサル君や征一郎君に手伝ってもらって、室(ムロノキ)の木の山の家に泊まり込みの作戦を練って蜂蜜集めに成功した。木綿子、マサル君や征一郎君のお父さん達に食べさせるのだ。体力の弱っている者には最高の滋養薬だ。

十四日の空襲警報は、学校から帰ってからも解除されなかった。元気を取り戻した木綿子(ユウコ)が、庭の水場で鰻を割いている、目打を刺した鰻を一気に背開きにする寸前である。

警報が鳴り響いた。今までにない激しい鳴り方である。

沖井の病院の庭には、二つの防空壕が掘られていた。表側には病院スタッフや患者用のもの、裏庭には家族用のものであった。

警報のサイレンが鳴ると同時に、皆は避難をしたが、磯吉は建物内や敷地に残ってる人はいないかと確認に廻っていた。

豪気な木綿子は、十本目の鰻を捌(サバ)こうとしていた。壕の中からロマンチカさんが、早く入りなさいと促している。

「大丈夫、敵機は音で分かる。警報解除になったらすぐに焼けるように串打ちまでやっとく。美味しそう」

最後の鰻に「エイ!」と目打ちを立てた。けたたましいサイレンの向うから、B29の重い唸り音が聞こえてきた。

木綿子が防空壕に飛び込んできた。続いて磯吉が入る。石の蓋が閉じられた。庭を掘って作られた壕は、細長い地下室であった。Ｌの形をした木製のベンチが組まれ、水やカンパンと干し芋が常備されていた。

「伏せろ！　耳をふさげ！」

身を低くし耳を押さえていないと爆風で鼓膜が破れるかも知れないのだ。強く目を瞑りすぎて、僕は目の前が真っ白になり何も見えなくなった。鼓膜と一緒に眼球も飛び出して壊れてしまうかと思った。

いつもと違うＢ29の音が気持ち悪く吼えている。空を切り裂きヒューウォンウォンと音を立てながら近づいてくるようだ、数機じゃない、大編成だ。

地中に埋め込まれた小さなコンクリートの箱形の防空壕は、嵐の海に浮かんだ小舟のように上下に縦に横に揺れた。子供達の身体は放り上げられ床に叩き落とされた。

終戦の前日の八月十四日、岩国市街は米軍の絨毯爆撃を受け壊滅した。史上空前の密度の空爆であった。

街の四辺を爆撃し、それから中心に向って約二メートル間隔に爆弾を落として行く。老若男女、大勢の人々が死んだ。駅も学校も工場も家々も吹き飛ばされ焼かれ瓦礫と化していた。

長い長い時間が経ったように僕には思えた。キーンと耳が痛くなるような静けさになった。爆撃が止んだのだ。

石の蓋を持ち上げた父に続き僕も表へ出た。

Ｂ29の来襲直前と同じ高さに太陽はあり、青い夏空が広がっていた。長い長いと思ったけれど、十五分に満たないことであった。

病院も我が家の窓もガラスは全て割れ砕け散り、床も壁もめくれ上り剥れ落ちている。調理中の十本目の鰻が、目打ちをされたままクネクネと動いていた。

皆んな酷い顔をしている、防空壕の中で揺すぶられ転がり廻ってアチコチを打ちまくり痣だらけだ。

特に僕の顔が変だった。耳をふさいだ親指以外の全部の指で、強く目を圧していたせいであろう。瞼がぽんぽこりんに腫れて真っ赤だ。コンクリート壁に思いっ切り顔面を打ち唇がタラコみたいに膨れてる。恐かった、もう死ぬのかと思った。家族みんな一緒だから良いよな、恐くもないやと思いながら泣いていた。鼻水がずるずるに垂れていた。

「まあ、洋ちゃん、あらあらオホホ」

ロマンチカさんが僕を見て笑った。

「打ち身二十日って言うでしょ。大丈夫、お兄ちゃんは強い」

こんな時に僕の母はよく笑ってられる。

「皆様、喉が乾いたでしょ。お茶をお入れできるかしら」

呑気なことを言ってるのは次姉の奈美子だ。浮世離れもいいとこだ。

父と木綿子は、家の損傷を調査している。

「流石(サスガ)、僕の姉ちゃん」

何でもかんでもひっくり返ってしまった家の中で、奈美子のピアノとその上に置かれた加藤さんの遺影だけは、そのまま倒れずにあった。


高台の沖井病院から眺めた市街地は見るも無惨な有様であった。大きな道一つ隔てた先の家並みも道路も川さえなかった。高射砲や兵隊さんもいない。

すり鉢形の大きな穴ボコが無数にあった、爆弾跡だ。人絹町(ジンケンマチ)は無くなってしまった。

静かだった周囲が少し騒がしくなり、人々が声をかけ合うのが聞こえてきた。

八月十四日は、やっぱり長い長い一日だったと思う。次の空襲の備えはどうなるのだろう。食料も飲料も、ままならない。

八月十五日は、小学生の僕達にとっては呆気ない一日だった。校舎は焼けてしまっていたし、友人や先生も幾人か死んでしまった。

僕達と一緒に成長していた校庭の桜の木に爆弾が落ち根元から折れていた。

マサル君の家も半壊し屋根がふっ飛んで青空が見えていた。家の真中で木材片を集め焚火を起し、お母さんと二人でお父さんを焼いていた。

広島の〝ピカドン〟で負傷したけど、沖井病院で治療し、蜂蜜も効いてきて元気になってきたのに、彼のお父さんは空襲で死んでしまった。

マサル君の隣りに座り僕も手伝った。

「マサル君」

「うん」

「マサル君」

「うん」

最後にした二人の会話だ。

翌日から、僕達姉弟は室の木（ムロノキ）の山の家へ移った。父と母は病院に残った。眠る暇もないくらい病院は怪我人で溢れていた。

数日してマサル君の家を訪ねたが、もう誰もいなかった。


昭和二十年八月末、小さな台風が雨を連れてやってきた。死んだ人達の涙雨のように止めなく降り続き、中国地方の花崗岩の山々に染み込んで行った。

九月に入っても、晴れ間を見ることが滅多になかった。気の滅入る長雨の秋口を迎えた。

九月十七日、超大型の枕崎台風に中国・四国地方は見舞われた。

暴風に豪雨。たっぷりと長雨を吸い込んだ大地は一溜りもない。瀬戸内地方の各地で洪水や土砂崩れの被害が出る。また四千人近い人名が失われた。

沖井家の山の家は、背後の山が崩れ土石流が家の真ん中を破って流れて行った。泥飛沫を浴びたものの妹弟達は六人とも無傷で助かった。


九月十八日の空は、昨日までの大雨が嘘であったかのような日本晴れとなった。

ロマンチカさんと磯吉が、室の木まで子供達を迎えに来た。持てるだけの日常品や食料品を分担、御近所廻りを済ませて病院へ戻る。夜まで父は室の木の里の負傷者の治療をすると残った。猫の手も借りたいくらい医者も看護婦も薬も足りなかったからだ。

ロマンチカさんを先頭に、木綿子（ユウコ）・奈美子（ナミコ）・海和子（ミワコ）そして僕・洋一（ヨウイチ）、弟・洋司（ヒロシ）と続く行列の最後は、みつさんに手を引かれた麻里子(マリコ)だ。

歌をうたいながら帰りましょうとロマンチカさんが言い、奈美子が指揮と口伴奏を入れた。こんな時に、よく母は歌をうたおうなんて言うよなぁ。

海和子の提案で、まず築城(ツイキ)で戦死した天雷特攻隊の加藤さんが大好きだった「歌を忘れたカナリヤ」から歌い始めた。

色んな歌を力一杯うたいながら、僕達は沖井病院を目指して行進をした。

次姉・奈美子が「次は内藤さんの好きな野ばら」「……箱根八里」「ゴンドラの唄」と続いていく。

我が家まで歩いて三十分程、歌をうたう毎に懐かしい人々の笑顔が浮かんできた。思い出の中で皆は笑っていた、

「ベアトリ姉ちゃん、いきまーす」

浅草オペラの名歌だ。磯吉とロマンチカさんと川原誠司氏の三人で合唱をしていたあの歌だ。

父の無二の親友・川おじさんが中国から帰国していない。北京発の最後の引き揚げ列車に彼は乗らなかったのか。ひょっこりと我が家に現われてくれると信じたい。父は無論のこと、家族全員が待ち続けた。

磯吉と千加の四人の娘達は、それぞれ大阪、奈良、神戸、名古屋へと嫁いでいった。岩国からは離れた土地だ。

恋に落ちた娘達の背を、ロマンチカさんさんは景気良く叩いて励ました。

「好きな人が見つかったら、愚図愚図しなさんな」

「さぁ、地球の果てまで行っといで」

羽根を広げた親鳥の元を巣立つ雛達は、元気一杯に飛んで行ってしまった。

僕と弟の洋司（ヒロシ）は、武者修業と称し青春の何年間をウロウロと廻り道をして楽しんだ。格好をつければそういうことになるが、僕は志望学部を変更したため二浪をし、洋司（ヒロシ）は大失恋のすえに外国をさ迷っただけのことだ。

医者となった僕は、広島や兵庫の医療機関で研修、臨床を経て沖井病院に戻り、父と共に地域に根ざす医師の道を選んだ。

洋司（ヒロシ）は広島でクリエイティブ・アーティストのオフィスを持った。

「洋司（ヒロシ）は満ち足りた顔しとんなさるね、良かったことオホホホ」

それもその筈、センチメンタルジャーニーから帰国した彼は、大失恋した女性に改めて猛烈な求愛、六年越しの愛を実らせたのだから。

僕達六人姉弟は、磯吉・ロマンチカ譲りの生一本な性分だ。


僕の一家と父母とは当然ながら病院に隣接する住宅で同居していた。

戦災でやられた沖井病院だったが、基礎構造が良かったのであろう。大修理をし何とか機能することができた。

加藤さんの写真の置いてあるピアノの東側を両親が、西側を僕の家族が使った。

遠方へ嫁に行った四人娘も折に触れ、家族を連れてやってきたし、昔なじみの人達や多(オオ)美島(ミジマ)や今治の親戚の人達も訪ねてきた。

大きな大きな掘炬燵(ホリゴタツ)を拵(コシラ)えて、訪問者を磯吉と千加は大歓迎、もてなした。町の人々も入れ替わり立ち替わり相談や悩み事を持ち込んでは話していく。御茶に添えてお菓子や手料理を用意するロマンチカさんは相変らず大忙しの日々を送っていた。

あれが欲しい、ここが不便だ、お金が足りない等々……千加の頼みに磯吉は喜んで応えていた、嬉しそうに愛しそうに彼女を見守っていた。

昭和五十六年、八十五歳で父・磯吉は逝った。

ロマンチカさんは泣かなかった。いつまでも父の顔を撫でていた母の姿を、僕達姉弟は忘れられない。

そう言えば涙の母を見た憶えは無い。表情豊かな女性だったし、喜怒哀楽の表現は激しい方だったと思うが。

夫の死後、千加の暮らしは静かなものであった。子供達はそれぞれの家庭のことで精一杯となり、岩国への訪れも少なくなった。

あれだけ大賑わいだった掘炬燵のまわりはガランとしている。大きい分だけ余計に淋しさの募る気配がしていた。

一人でポツンとロマンチカさんは座っている。一日に一度、僕は一時間は母と話しをすることにしていた。

たまにはロマンチカさんという名前に相応しい綺麗な花を持ってたずねる。

母はピアノの上の加藤さんにもお裾分けをしてから、仏壇の父に花の名を告げて供花する。

穏やかな日溜りのような時間が過ぎて行った。

「お母さん、姉さん達に電話してみたら?」

「タイミングなのよ、里帰りというのは」

「気掛かりでしょ、麻里子は上手にやってるかな？　連絡してあげようか？」

「あなたより余程しっかりしていると思うけど、オホホ」


最後まで気の合う波長の重なる夫婦であった。

昭和六十一年、磯吉に遅れること五年で、千加は亡くなった。二人の享年は八十五歳で同い年となった。人生の時間まで合わさなくてもいいのに。


年に一回、僕達姉弟は時間をやり繰りして岩国の沖井外科病院に集まる。錦帯橋の袂の老舗料亭（半月庵）で会食する。戦災も風水害等の天災にも耐え三百有余年の伝統を持つ老舗である。磯吉と海原中尉が遇った店で、懐かしい響きを持つ場所だ。

懐かしい懐かしいと言いながら、僕は夜毎、岩国中の店に出没、旨い肴（サカナ）と美酒を求め彷徨（サマヨ）っている。

磯吉とロマンチカさんの子供達は、六人全員が無事で成長を続けている。それぞれの道で現役続投中だ。長姉の木綿子は今年の誕生日で〝御年八十八歳〟

僕達は会えば必ず姉弟喧嘩を始める。さすがに取っ組み合いはしない。

「生意気な、口応えするか」

「分かっちゃいない」

「こんなーこんなーこんな存在は唾棄すべきものである」

喧嘩の原因は、たわい無いことだ。傑作なことだ。

六人全員、言い張って譲らない一点があっての野良猫の復活である。

「自分が一番可愛がられていた、特にロマンチカさんに」

誰もが固くそう信じているのだ。そう信じるに足る思い出、根拠、事柄があったのだから、姉弟各々が『一番』という文言だけは翻すことはない。笑いながら喧嘩する。

母の熱い血と夢は、大きな翼を持っていた。我が子だけでなく、自分の周りの人達を包み込めるくらいに拡げて生き抜いた。束になって掛っていっても枯れることはなかった。

大きな大きな掘炬燵、今は誰も座らない。

僕は毎朝、仏壇の両親に水を供える。

「本当に可愛がってもらったよね。なんせ待望の初男児だったんだもん。僕が一番！　アハハ」

これから僕は何があっても泣かない、そのエネルギーを微笑みに替え力強く歩んで行こう、と遅まきながら決意をした。

でも、あんまりシンドイ時は泣きべそくらいはかくかもしれないけれど。

かすみ 風子 Kasumi Fuko

お母ちゃんの虹

—Okâchan no niji—

Syôjyo no yôni niji o yorokobu
okâchan no kogu fune ga
hayai no wa moshikashitara
Sono dareka ga tetsudatte
irukara kamo shirenai.
"Madamada genki na okâchan ni
mada ten no omukae ha iranai"...

根雪が消えると、陽子は、小さくなったお母ちゃんの箱を抱えて、無人になった故郷の駅に降り立った。

汽車が出ていったホームから見下ろす村の景色は、細長い浜辺の土地に軒先を重ね合わせ、民宿が増えた以外は昔とあまり変わらない。

屋根瓦は、濡れて光り、海は、赤灯台に白波をぶつけてお母ちゃんと陽子を迎えてくれた。

駅から村までの短い下り坂に植えられている桜の蕾を一つ触る。まだちょっと硬い。

出会った小母さんや小父さんたちは、陽子の抱いている箱に気が付いて手を合わせる。

「よう帰って来なったな」

「さっきまで出とっただけど」

と海の上を指さしてお母ちゃんが好きだった虹が消えたことを残念がる。

「まーちゃんに、なんちゅうそっくりだ」

と、還暦を過ぎた陽子の顔に、ちょっと昔のお母ちゃんを重ねて思い出の花を咲かせる。

くすぐったい東風が、時の向こうのお母ちゃんの笑い声を連れて、見上げた鳥居をくぐった。

盆踊り

「水を濁らしたらあかんで」

小川の上で、お母ちゃんがヤカンを陽子に渡した。

終戦から八年。海沿いに並ぶ細長い半農半漁の村が、今年最後の盆踊りの夜を待っていた。

「あっ」

岩の隙間から顔を出したウナギと陽子の目が合った。ウナギをすくい取ろうとしていたヤカンをお母ちゃんが取り上げた。

「まんだ、お盆が残っとるしけ殺生はせんだ」

お母ちゃんは、墓に持って行くヤカンに川の水をくむと、ウナギのいた場所の目印に石を三つ沈めて歩き出した。

墓に着くとすぐ、お母ちゃんは汗をぬぐいながら、

「今日も暑かったなぁ」

と、石に水を掛けて手を合わせた。その石の下には、陽子が生まれる前に死んだ姉ちゃん

が眠(ねむ)っている。

「子どもが親より先に死ぬのは一番の親不孝(おやふこう)だしけ、墓石の代わりに河原の石を置いとくだ」

と、丸い石の由来を教えてくれたリヨ祖母(ばあ)ちゃんは、骨になって戦地から帰って来た叔父(おじ)さんの墓は、飛切り大きくして建てていた。

海と駅と村全体が見下ろせる墓地(ぼち)には、戦死した人たちの大きな墓石がいくつも建てられている。そのどれもが、陽子が生まれる前に亡(な)くなった人の墓だった。

「いつの日か分からんけど、お母ちゃんも死んだら、仲間に入れてもらう墓だしけ」

と、言って、お母ちゃんは神妙(しんみょう)な顔で手を合わせた。

今までに一度も死んだ人を見たことがなかった陽子は、お祖母ちゃんも元気なのにお母ちゃんが死ぬなんてありえないと思った。

「そんなこと無いわっ」

と言って、何度もお母ちゃんの背中を叩(たた)いた。

お母ちゃんは、痛い痛いと言いながら、先祖代々の花活(はない)けの水を入れ替え、二つの灯篭(とうろう)に灯をつけた。陽子は、墓に手を合わせても、何を言えばいいのか分からなくなった。とりあえず「むにゃむにゃ」をしてお母ちゃんの後を追った。

「ここの人は、みんなで満州に渡んなっただけど……どうしとんなるかなぁ」

「床の間の松の絵はこの人が描きなっただ」

「西の端で畳屋をしとんなったけど、今は井戸が残っとるだけだ」

などと言いながら、エプロンのポケットから一つずつ飴を出して、花も無く、お盆にお参りする人のいなかった墓に供えていくお母ちゃん。その横でまた「むにゃむにゃ」をして手を合わす陽子。

そんな二人を、大きな木の枝で見ていたカラスが、すみれ色の闇に溶けてやがて輪郭だけになっていった。

お宮さんの提灯に灯がついた。浮き出された櫓の向こうから飛び出す太鼓の音が、小さくなったり大きくなったり。子どもたちの撥が霊に聞かせる腕を競い合う。

灯篭を点しに上がってくる小母さんたちが増えた。

「おばんです」

陽子は、挨拶を交わしながら下りて行く。

「去年よりも上手になったなぁ」

「さすがは、まーちゃんの娘や。手つきがちゃう」

と、すれ違う小母さんたちが昨日の陽子の盆踊りを褒める。この村で生まれたお母ちゃんを「まーちゃん」と呼ぶ小母さんや小父さんは、陽子に優しかった。

目の前のトンネルから貨物列車が出て来ると、

「もうこんな時間だがな」

と言ってお母ちゃんの足が速くなる。汽車の時刻は、お母ちゃんの時計だ。

家に着くと、居間では、もうお父ちゃんの晩酌が始まっていた。

「よその小父ちゃんらは、踊ってるで」

いくら陽子が誘っても、お父ちゃんはラジオを聞きながら新聞を読んでいる。

「子どもらは、巻き寿司だけでええかぁ」

お母ちゃんが陽子の返事を待たずに大きな巻き寿司をまな板の上にでんと置いて二本ずつ切っていく。お母ちゃんが海で摘んで来た赤みがかった岩海苔で巻いてある。家で作ったシイタケ・カンピョウ・三つ葉・人参・ゴボウなどの野菜と、産みたての卵で作った甘い卵焼き。それに、お父ちゃんの釣って来たアナゴが入った太巻き寿司は、陽子の家の定番のごちそうだ。

普段の麦飯とは違う、白ごはんで作る巻き寿司が子どもたちは大好きだ。

扇風機の風をお父ちゃんからうばって、お母ちゃんの化粧が始まった。お祖母ちゃんが、

「化粧せんでも美人だのになぁ。踊ったら、汗ですぐ流れるのに無駄なことをしなる」

と、皮肉たっぷりに言っても、今日のお母ちゃんの耳には届かない。急に色白の美人になったお母ちゃんが、濃すぎた頬紅を払って、その指を陽子の頬にこすりつけた。そして、真っ赤な口紅を陽子の唇にも塗った。

「黒ん坊の陽ちゃんに口紅は似合わんなぁ」

自分も日に焼けて黒い姉ちゃんがからかっても、鏡の中の陽子はニコニコ顔で気にしない。

ドドドン　ドドドン　ドドドン　ドン

盆踊りの始まりを知らせる大太鼓の連打が始まると、陽子とお母ちゃんは、急いで浴衣に着がえた。

「本を借りて来たから今日は行かない」

と、中学生の姉ちゃんは、分厚い本を持って二階に上がった。

お祖母ちゃんが弟を寝かしつけに蚊帳の中に入ると、お母ちゃんと陽子は、踊りで使う菅笠を持って家を飛び出した。お宮さんまでスキップでたったの三分。お母ちゃんの一人占めが、ちょっと嬉しかった。

「おやつをいっぱい用意しとるしけ今日も頑張って踊ってやー」

青年団の団長さんが、子どもたちを呼んでお願いをした。

踊りの輪が二重になると、太鼓の合図で盆踊りが始まった。

〽盆がーきーた　盆がーきーたー　えーえ　いーやーぁなぁー

櫓の上で、浴衣の袖を捲し上げて歌っているのは、お母ちゃんと仲良しの髭の小父さんだ。一番手としてマイクに向かって声を張り上げる。

昔から踊り継がれている村の盆踊り曲は、ゆっくりなのだが休む間がない。子どもたちは、すぐに、

「一抜けたー」

と次々に輪から出て銀杏の木の横の石段で遊びだす。

レコードが踊りやすい「炭坑節」に代わると、男の子たちが輪に戻って来た。

「掘って　掘って　また掘ってー　担いで担いで」

子どもたちは、動作に言葉をつけて楽しそうに踊っていく。丸い月が雲から出ると、

〽月がー出たでーた　月がーぁ出たー

と歌詞(かし)に切り替えて声を張り上げる。ふざけている男の子たちと違って、陽子は踊っているのが一番楽しかった。

櫓(やぐら)の上の歌い手が交代すると、レコードの曲がお母ちゃんの好きな「おはら節」に替わった。

お母ちゃんは、七色に染めた紙の花がいっぱいついた菅笠(すげがさ)を陽子の頭の上にも乗せて紅(べに)紐(ひも)を顎(あご)で結んだ。

「さあさ　いかぁで」

婦人会の小母さんたちがお母ちゃんの後に続いて踊りだす。

「国分(こくぶ)――のところは、しっかりと肘(ひじ)を上げて胸から開く」

陽子は、自分よりも大きな子にもおせっかいをする。

「指先を見て踊る」

全部お母ちゃんの受け売りだ。だんだん上手になった子どもたちの手拍子(てびょうし)が揃(そろ)って大きくなった。

チョチョンがチョン　チョチョンがチョン

盆踊りは、墓の灯が消えた後も続いた。

最後の曲は子どもたちの好きな炭坑節(たんこうぶし)。でも残っている子どもは始めの半分もいない。

その中で陽子は一番年下だ。

レコードが終ると、次々に陽子の短い髪(かみ)の毛をくしゃくしゃして帰っていく大人たち。

最後はお母ちゃん。胸まで上がっていた陽子の帯(おび)を笑いながら結び直す。

「さいならー」

両腕(りょううで)でおやつを抱(かか)えた子どもたちが歌いながら帰っていく。

チョチョンがチョン
チョチョンがチョン

岩海苔摘み

平成十七年の真冬。陽子は、故郷で一人暮らしをしているお母ちゃんからの早朝の電話でたたき起こされた。

「今日は波が無いしけ、海に出るでぇ」

ずっとずっと前に約束していた岩海苔摘みへの誘いだ。九十才のお母ちゃんを一人で海に出すわけにはいかない。

陽子は、寝ている家族に手紙を置いてすぐに車のハンドルを握った。

故郷までは、車で四時間と少々遠いが、心配だった雪は、道路から消えていた。

到着して浜へ下りていくにつれ、舟小屋の前でしゃべっているらしい話し声がだんだん大きくなって来た。

「まーちゃんが、免許の更新しなった言うて、漁業会のもんらが驚いとんなったでぇ」

お母ちゃんと話をしているのは、お母ちゃんの幼馴染の髭の小父さんだ。

「そら、乗らなもったいないだらぁ。機械も舟もまだ使えるだしけ」

耳の遠くなった小父さんにも聞こえるようにと、お母ちゃんの声はいつもより大きい。

「また、前みてゃあに、腰痛めんようにな」

「大丈夫大丈夫。今日は、遠いとっから助っ人が来ただしけ……なあ」

と、陽子が誕生日にプレゼントしたばかりの手押し車に座っていたお母ちゃんが手を振った。

「これがあったら、何処だって一人で行けるし、困らひんだ」

と言いながら、お尻の下に差し込んだ手で腰を持ち上げ、舟小屋の奥に壺を取りに入った。

「強がってるけど、まーちゃんは久しぶりの海だしけ頼んだで陽ちゃん。この頃のまーちゃんは、物も、よう忘れちゃうだで」

と小父さんが耳打ちしてきた。お母ちゃんのことが気になって、陽子の到着を待っていたという。

「何言っとるだぁ。あんたの方がようけ忘れとるがな」

悪口は良く聞こえるらしいお母ちゃんが、
おな（舟を海に運ぶレール状の割り竹で作った舟の道）に塗る廃油の壺から棒を振り上げて舟小屋から出て来た。

目を剥いてオーバーアクションした両手を下ろして頭を掻く小父さん。二人の喧嘩は、漫才を見ているようで面白い。

「そうだった。そうだった。まーちゃんは賢(かしこ)いしけ大丈夫だったなぁ」

と小父さんは、白い顎鬚(あごひげ)を扱(しご)きながら帰って行った。

お母ちゃんは、「賢い」と言われると、いつも背筋を伸ばしてシャキッとした。

「これで、舟が転覆(てんぷく)しても大丈夫だらあで」

と、オレンジ色の救命胴衣(きゅうめいどうい)をダウンジャケットの上から着けた。次に、陽子にも救命胴衣を渡し、

「ちょっと太ったんちやうか」

と、陽子のお腹(なか)を叩いてから掛け合わせベルトの穴を外側にずらした。

　真冬の海に放りだされたら、いくら救命胴衣を着けていても助かるはずがない。急に不安(ふあん)になった陽子に、

「大丈夫　大丈夫」

と、首(くび)から下(さ)げて服(ふく)の中に入れていた免許証(めんきょしょう)を引っ張り出した。還暦(かんれき)になってから、ちんぷんかんぷんの専門用語を丸暗記して合格したという自慢(じまん)の小型船舶(こがたせんぱく)の免許証だ。

　入江(いりえ)にある田んぼへの行き来。貝や海藻採(かいそうと)り。半農半漁(はんのうはんぎょ)で生計(せいけい)を立てていた多くの家では、舟は必需品(ひつじゅひん)だった。船外機(せんがいき)を乗せた舟が増え、しばらくするとそれらには船舶の免許が義務付けられた。村で二十人近くが受験したが合格したのは五人。その中にお母ちゃん

も入った。

「なにこれ！」

「たいしたもんだらぁ」

驚く陽子にお母ちゃんは胸を張って自慢した。更新を繰り返していた免許証が……なんと……遊覧船も運転できる一級免許に格上げされていたのだ。

この日のお母ちゃんは、船外機の着水に手間取っていた。操作の手順を忘れているらしい。陽子は、黙って見ていた。

色々と試していたお母ちゃんが、やっと船外機を海に下ろし、最初に紐を引くという所へとたどり着いた。

「えらい固なって、びくともせん」

お母ちゃんは、力仕事を陽子に頼った。

フルッ、ブルッ、ブルルルルー

起動の紐を思いっきり引いた。エンジンは、三度目にやっと掛かった。

「ありがとうな。やっぱり来てもらって良かったわ」

と陽子に手を合わせて船外機の横に座りなおした。舟は、桟橋を離れ、岩山伝いにまずは沖の赤灯台に向かって進んだ。

舟から出るエンジンの音が、山を映した瑠璃色の水面を優しく揺らしてゆく。

「陽子が来てくれたしけ山が笑っとる」

と、お母ちゃんは、海に映って揺れている木々を指さす。

岩壁の雪が、パウダーのように散って、海面の松にパァーと白い花を咲かせてクシュンと融けた。

港の出口辺りに、巨大な五つのケーソン（円柱コンクリートの防波堤）が頭だけ出して沈められている。

「あれは、要らんもんだ。あれが増えても、うらにしは吹くだしけ」

冬に嵐を呼ぶ「うらにし」と呼ばれる西の風は、この地方の漁師にとって、一番の恐怖なのだ。

「御上のしなることは、よう分らんわ。こんなにええ景色が台無しだ」

と、国のしている避難湾整備事業のケーソンに首を振って顔をしかめた。

松葉蟹を獲りに行く船が灯台の向こう側を外海に向かって出て行く。生まれたばかりの波が、次々に押し寄せて来た。舟は、舳先を波に向け直して、それらの波が通り過ぎるのを待った。大型船からの横波をまともに受けると、転覆することも稀にある。

　赤灯台の傍で、突然エンジンが止まった。

「整備に出すのを忘れておった……」

と、頭を叩いて悔しがるお母ちゃんを崖の上の鵜は無視をし続けた。

「水が出てないしけ、こりゃあ冷却水の故障だなぁ」

と諦めて船外機を水から上げて固定する。船外機のエンジンは、海水で冷やすので腐食が激しいらしい。

　幸い、目指していた小島は近かった。

「私が漕ぐわ」

　子どものころ体が覚えた櫓漕ぎは、凪の海なら陽子にも自信があった。なのに舟は、なかなか前に進まない。お母ちゃんは、鼻歌つきで舟底に溜まった海水をかき出す。

「そのうちに着くやろ」

と、揺れを楽しんでいるお母ちゃんを乗せた舟は、なんとか目的の小島に到着出来た。

　お母ちゃんの放り投げた錨が、ぴったりと岩のくぼみに引っかかる。

　凸凹とした島全体が、黒い帽子を被ったように海苔で覆われている。水際の長い赤紫の海苔は、この寒いのに、気持ちよさそうに波に体を任せて泳いでいるように見える。

「気いつけや」

と、先に島へ降りた陽子が転んで怪我をしないように気遣う。波打ち際の濡れた海苔は、油を塗ったようにぬるぬるだ。

陽子の長靴には、お母ちゃんと同じ滑り止めの荒縄が三重にして括りつけてある。

「どっこらしょ」

と、続いて降りて来たお母ちゃんは、

「ここが摘みやすいやろ」

と、初めて岩海苔摘みに挑戦する陽子に、足場の良い乾いた岩場を教えた。

岩場にしゃがんだお母ちゃんの長靴の踵を波が洗う。

指で抓んだ最初の一葉を口に入れて味見をするお母ちゃんを真似て、陽子も乾いた一葉を食べてみる。適度な塩味と濃縮した海苔味。海苔についてきたゴマ粒ほどの岩のかけらを吐き出して摘みたてを味わう。岩海苔は、寒いこの時期のが香りもあって一番美味しい。

摘みやすいように藁灰を撒き、一葉ずつ、錐と爪を使ってむしる真冬の岩海苔摘みは、陽子が想像していたよりもずっと辛かった。手首から先が、摘みはじめてすぐに麻痺状態。

そんなかじかんだ左手にいっぱいになった海苔を、手の平で揉んで握りこぶしほどの塊にする。真っ赤になった手の平は、感覚が無くなっているのに痛みだけが骨にひびいてくる。

錐でひっかけて浮かした海苔を爪で抓んでべりべりと岩から剥す。

陽子は、時々腰を伸ばして、お母ちゃんの偵察に行く。竹篭の中は、いつも陽子の倍になっていた。

「道具が違うからだ。これが一本しか見つからなかったしけ」

と詫びながら、右手の錐では無いねじ回しを見せた。先の幅が広いマイナスのねじ回しは、海苔を岩から剥しやすいのだと言う。

「錐で刺さんように気をつけや」

注意されてすぐに錐の先が顎をかすめた。触れた感覚の無い左手に赤い血が滲んだ。

「薬水だ」

「大したことは無い」と、海の水を陽子の引っ掻き傷に塗り込むお母ちゃんの手は、氷よりも冷たい。


単純作業の繰り返しの横を通る蟹達は、甲羅から目を突き出し、風の当たらない岩の割れ目に入って行く。

海人のお母ちゃんの目が、時々海苔を摘む手を止めて、西の空の雲の動きをチェックする。

「雲が動き出したしけぇ、いぬるでぇ」

お母ちゃんは、さっさと錨(いかり)を上げ、操縦席(そうじゅうせき)に座った。

ギーコ　ギーコ　ギーコ

お母ちゃんは、座ったまま、左手だけで櫓(ろ)を漕(こ)いでいる。驚いている陽子に、

「一人で磯見(いそみ)をしていた時の技だ。右手は箱眼鏡を持って海の中のサザエやワカメを探さんならんしけ、座って左手で漕いどっただ」

とお母ちゃんは、ずいぶん昔の自分を懐(なつ)かしがった。

「うらにしが吹いたら怖いしけ、ちょっと急ぐで」

と片手を両手に変えて体重を櫓に乗せた。少し横揺れが大きくなった。陽子は、かじかんだ指で水鼻をかみ、その手を海水ですすいだ。刃物(はもの)で切ったような痛さが指先から頭のてっぺんに突き抜けた。

「櫓を漕いどるとぬくいから……ほれ！」

と、外した首巻(くびまき)を、悲鳴を上げた陽子に投げてきた。

厚い雲の切れ目から光が差し込むと、舟は滑るように海面を進んだ。

「あれー嬉しやな。ここが虹の根元だわ」

と、お母ちゃんは、船の上に降って来た霧雨に目をしょぼつかせて喜んだ。

お母ちゃんは、山にかかった虹の根元が近い時は、「誰かが会いに来てくれたのだから」と、畑仕事を切り上げてでもその場所に行こうとした。

少女のように虹を喜ぶお母ちゃんの漕ぐ舟が速いのは、もしかしたら、その誰かが手伝っているからかも知れない。「まだまだ元気なお母ちゃんに、まだ天のお迎えはいらない」と、陽子は首を振って、お母ちゃんの首巻を頭に被った。

振り向くと、沖の岩に白波が立ち始めた。

壁の海

「子どもらぁに迷惑はかけられん」

九十二才で車椅子になったお母ちゃんは、一人で住んでいた家を売って、都会の老人介護施設に入った。陽子が週一で顔を見せると、自慢の喉を披露した。でも、一番嬉しい顔をするのは、時々陽子が連れて行く小さな曾孫たちと一緒に童謡を歌う時だった。一番二番三番とどの歌も間違えずに歌える。

「すごいね。ひい祖母ちゃんは賢かったんだね」

と褒められると、

「小さいときは、優等生だっただ」

と丸まった背中を伸ばし、細い目を糸のようにして照れた。

　お母ちゃんの足は、立つのがやっとだったが、腕の筋肉はいたって丈夫で車椅子を自力で走らせることが出来ていた。

「丈夫な体に生んでもらっとるしけ、百才で桜を見るまでは頑張らなあかんだ」

と、にこにことして介護を受け、リハビリに励んだ。

　お母ちゃんは、時々曾孫たちとかたい指切りをする。

「元気になったら、燃えながら沈む夕日を、海が抱くところを見せに舟で連れて行ってあげる」

と、戻れる家も使える舟も無くなっていることを忘れて目を輝かせた。

　九十七才になっても良く笑って良く食べ、ベッドから車椅子への移動も自分ででき、施設のサークルにいくつも参加していたお母ちゃんが、

「久しぶりだなぁ」

と、陽子が昨日も来ていたことを忘れ出し、自力で行ったトイレで大量の紙を使うようになった。そして、ついに、汚水を部屋に溢れさせてしまった。

次の日、部屋に紙おむつが置かれた。

「まんだいらん。自分でできるしけ」

と、訪ねてすぐの陽子に、涙で濡れた手を合わせた。でも、陽子は、首を横に振り、お母ちゃんの背中をさすって落ち付かせると、伸びていた足の爪をゆっくりと切っていった。

その日の夜から、紙おむつになり、シーツの下にビニールが敷かれた。

それまで残さず食べていた三度の食事に全く箸を付けなくなったお母ちゃん。

「ブランデーの入ったハーゲンダッツだよ」

と、大好きなアイスクリームをスプーンですくって口まで持って行っても、

「働いとらんしけ腹が空かんだ」

と、歯をくいしばった。

生まれた村で子どもを育てながら、七反の田畑と牛の世話。小舟を操っての海藻採り。牛をやめてから始めた酒屋は、一人で切り盛りして八十才まで続けた。笑うことが元気の薬だと言っていたお母ちゃんの命を、点滴の注射針が場所を変えながら繋いでいく。ベッドの上で夕焼け雲を見ているお母ちゃんの涙が、目じりの皺を伝っていく。

百五十八センチで三十八キロ。一週間で六キロも減った。

「心臓の弁がほとんど動いていません」

施設に隣接する病院の医師から、命がもう残されていないことを知らされた。点滴の針を指し込める場所ももうないと。

お母ちゃんの閉じている目の下の窪みに乾いた涙がへばりついている。

「痛いしけ取らんでもええ」

と、濡らしたガーゼを払いのけたその時、節くれだった細長いお母ちゃんの指の影が……白い壁の中で踊った。

「そうだ。この部屋の壁をスクリーンにすれば、視力の悪くなったお母ちゃんでも見られる」

「ここに故郷の海を持って来てやろう」

陽子の頭のコンピューターがフル回転して、今、出来ることを弾きだした。

古いビデオをテレビに繋ぎ、次々に古いテープを入れ替えてテレビ画面でお母ちゃんが写っている故郷の海を探す。お盆の墓参りの映像では、海が遠すぎる。離れ島での海水浴の中には一緒に行っていたはずのお母ちゃんがいない。やっと……曾孫たちの夏休みの中に舟を漕いでいる母ちゃんを見つけた。

「やったー」

テレビの中のお母ちゃんと海を、手ぶれ補正がきき、壁に大写しできるプロジェクターのついた新しいビデオで撮影していく。

盆踊りの映像の中にお母ちゃんと仲良しだった人たちを見つけると、顔を大写しにして撮っていく。

もっと良い方法はあるのだろうが、説明書を読んで使いこなすには……残されている命の時間が足りなかった。

次の日、汽車で駆け付けた姉ちゃんが、

「そんなことしたって目も見えとらんし……かえってしんどなるだけやで」

と、言いながらも、鮮明に映るようにと、カーテンを引いて部屋の電気を消し、窓側に立って壁をより暗くした。

舟で、はしゃぐ子どもの映像が出ると、陽子はプロジェクターに切り替えて壁をスクリーンにした。

薄暗かった枕元の壁が、一瞬で、輝く夏の海に代わった。姉ちゃんが、手でメガホンを作って、

「海だでぇー。陽子が海を見せとるよ」

と、お母ちゃんの耳に話しかけた。

壁の海は、時々お母ちゃんの日焼けした笑顔をアップにして揺れる。風で縺(もつ)れるお母ちゃんの髪の毛は、半分白い。

ギーコ　ギーコ　ギーコ

お母ちゃんの漕(こ)ぐ櫓(ろ)の音が大きくなると、五日間閉じられていた細い目が、目ヤニを伸ばして開かれた。

「ほんまに……海だ。……海だがな」

と、目をこすって故郷(ふるさと)の海に手を合わせた。

映像が盆踊りに替わると、お母ちゃんの指先が踊り出した。頬(ほほ)が少しずつ色づいて、息が速くなった。ビデオを止めて、窓から風を入れていた姉ちゃんがビルの上を指した。そこには、消えかけた虹が短く弧(こ)を描(えが)いていた。

誰かが、お母ちゃんを迎えに来ていたのかも知れない。陽子は、窓を閉めてカーテンを引いた。少し薄暗くなった部屋で、お母ちゃんは集まっていた一人一人の顔を見てつぶやいた。

「もうちょっと生きてみようかねぇ」

その夜、お母ちゃんは、十日ぶりに口から食べ物を入れさせた。

それから四か月後の雪の降る夜、陽子たちのお母ちゃんは、百才の桜の季節まで二年と少しを残して、眠ったまま虹の向こう側に旅立った。

虹が出た
だから用事は
後回し

溝江 玲子 Mizoe Reiko

忘れられた家族

— wasure rareta kazoku —

Y.

"Otō san ga socchi ni ikunda, Okâ san." Hatake ga sanzai-shita ikkaku ni aru kasô ba ga mieta. "Okâ san anshin shite. Boku wa hitoribocchi ni wa naranainda"...

1　途方にくれて

路夫は呆然と、「同意書」と印刷されている用紙を眺めた。文字はコピーを何回か繰り返したためか崩れていた。

「この同意書に印鑑もいるんですけどね」

と看護師が言った。薄ピンクの制服、上着とズボン。胸の出っ張りがなかったら、また制服がピンクでなかったら、怒り肩のどっしりとした四角い姿は男の看護師と思ったことだろう。

「それにね、こちらの欄にも保証人が欲しいの。こちらのは君と同居していない保証人！」

気持ちがひっくり返ってしまっている路夫には、看護師の言葉を飲み込むことができなかった。路夫は目を瞬かせただけだった。

看護師は聞こえないぐらい小さく舌打ちをした。

「保証人……？」

と路夫は慌てて問い返した。

「いまＣＴスキャンを取って、脳波の検査をしたところ。次はＭＲＩを取ってるわ。君のお父さんは直ぐさま緊急の手術をしなくてはいけないことになると思うの」

「は、はあ……」

「先生がこの後、詳しいことは説明されると思います」

「はい」


学校に電話が掛かってきたのだ。

中学1年。２学期の期末試験の最終日。

試験とあれば私語するものもない、サラサラと鉛筆を走らせる音、紙を寄せる音。

もうすぐ終わりのチャイムが鳴る時間、皆が問題が出来たかどうかと忙しく頭を集中させようとしているその時間に、前の引き戸がガラガラと大きな音で開いたのだ。顔を覗かせた教師に試験官が歩み寄る。

ヒソヒソと話し合っていた試験官は振り返るなり路夫を呼んだ。

「直ぐに病院に行きなさい、お父さんが入院されたそうだ」

いきなりだった。

「あ……？」

「試験はいい、そのまま置いといていいから」

廊下を走りながら話を聞いた。教室に知らせにきた教師が言った。

『救急車で病院に運ばれたそうです』

詳しいことは分からないまま、路夫は教室からそのまま自転車置き場に走った。その時になって鞄(かばん)も持っていないのに気がついた。

冬至も近い12月の10日だ。

自転車にまたがって校門を過ぎたとたん小雨(こさめ)がぱらつきだした。だんだんと雨は大粒になり、20分も走るうち雨はコートのない制服の下着まで通るほどしみ込んだ。

父が何故(なぜ)救急車に乗るはめになったのか、父の具合もどうなのかも分からないまま自転車を飛ばした。

手袋をはめていない手がズキズキと痛み我慢できないほどになったとき、ようやく病院が見えてきた。

橋井戸(はしいど)病院の中は程よい暖房が効(き)いていた。路夫はホッと吐息(といき)をついた。

午前中の診察が終わった患者でロビーは満杯だ。患者をかき分けるようにして受付を探す。

混雑した受付に教えてもらった一画(いっかく)。「脳外科」と言う言葉に喉(のど)を詰まらされる思いがした。「脳外科」「脳外科」という言葉が頭の中に木霊した。路夫は教えられた場所に急いだ。

脳外科は、通り抜けてきた廊下にあった内科よりずっと空いていた。脳外科に診察に来る人は少ないのかも知れないと、ふと思う。

脳外科診察室の扉の横に『家部俊一郎』とプラスチックの名札が掛かっていた。

診察室の隣は「外科処置室」で、「ご用の方はこちらを開けて下さい」と書かれている。

路夫は恐る恐る「外科処置室」の重い扉を開けて、名前を告げた。誰もいない。

処置室に見回したところ父親の姿も見えない。きょろきょろしていると、あのごつい体の看護師が登場したのだ。

「手術の同意書って、父はなんの手術をするんですか?」

「だから、それは先生が説明なさいますから。君、印鑑持ってないね。とにかく座って待っていて」

と看護師は隣の診察室に引っ込んだ。

路夫は椅子から立ち上がりかけたが、声を掛けそびれて中腰のまま頑丈な体つきの看護師を見送った。聞きたいことが山ほどあった。「僕はどうしたらいいんでしょう?」

看護師が答えてくれる様子はチラとも感じられなかったので、路夫は中ぶらりんのままで固まった。

2年前の春。路夫が小学5年生になった春の盛りに死んだ母のことが突然浮かんだ。(そうだ、あれからだ、あれから何もかもおかしくなってしまったのだ)

桜の花吹雪の中での葬式。

父の目地竜二(めじたつじ)は、助手席に座っていた母が死んだのは自分のせいだと言い、酒を飲んだ。飲んでぐちぐちと言い訳をする時だけ、自分が生きているんだと父は実感するらしい。

酒を飲んだら父のように母のことを忘れられるのならと思った。

路夫は父の飲み残しの一升瓶の酒を飲み下(のくだ)した。とたんに胃袋が火のようになってぐっと酒が競り上(せあ)がってきた。路夫は床(ゆか)に這(は)いつくばり胃の中のものと一緒にぶちまけてしまった。

母を不意の交通事故で亡くしてから、父親は訳の分からないうわ言を言い続けるようになった。飲んだくれた末に会社をしくじった。絶えまなく流し込む酒が肉体をむしばんでいった。それ以上に精神ももろくなって、静子、静子と妻の名を絶えず口にした。そして人前(ひとまえ)でもオイオイ泣き出すのだ。

父親がそのようになってしまったのを見て、母のことを父の前で嘆くことはすまいと路夫は思った。母のことを持ち出せば、父は本当に底の底まで沈んでいっておかしくなってしまうだろうと思った。

そんな時は、（母の代わりに僕が死んでいたら……）と路夫は考えることがある。（あの時、母でなく僕が助手席に座っていたら……そうしたら……）

路夫は頭を掻きむしった。果てしもない悔やみ。

（対向車が黄色の線を越えて来なかったら……、あいつ等が、したたか飲んで酔っぱらっていなかったら……）

あの暴走車とうちの車が行き交うことなど何百万分の一ほどの確率に違いないのに……。ほんの数分ずれていても、事故に巻き込まれることはなかった。

路夫は後部座席の背にもたれてうとうととしていた。

「路夫ったら疲れたのね、寝てしまったみたい」

という母の声がした。瞬きをすると、母は後部座席に巡らしていた頭を戻していくところだった。

「もう1時過ぎよ。次のドライブインには入りましょう」

母の声は優しく幸せが溢れていた。薄く目を開けると、車窓の後ろに桜の並木が流れていくのが見えた。

「そうだな」

細目に開けた窓から風が入ってきて、母のストレートな髪を揺らした。

軽ろやかに揺らいでいる母の髪。

父と母は恋人同士のように見えた。「僕は眠ってないよ」などと、路夫は言わないでおこうと思った。

路夫は、この幸せがずっと続くと思い込んでいた。

平穏だった。暖かい春の日射し、桜の花の満開の並木、美しいこの状態が中断されることがあるなど思ってもみなかった。

でも今は知っている。どんなことが突然身に降り掛かってくるか知れないということを。

そうではないか。今また突然学校に電話が掛けられ、僕はここにこうして座っている。どんな状態か分からないままに……。しかし、脳外科というからには脳に何かあったということだ。

路夫は、母の胸の温もりを思いかべた。母が亡くなった後の父の荒れた様子が思い浮かんだ。

「そしてもし、もし、お父さんに何かあったら、僕はどうなるんだ?」

(僕はあの後の父のように、屍(しかばね)のように生きていくことになるかも知れない)

厭(いや)な予感。路夫はその予感を振り払った。そうしてみても、それは路夫の心からしりぞいていかなかった。

2 追い立て

「父の下着を取りにいきます」と言って、路夫(みちお)は病院を出た。

看護師が、三角巾(さんかくきん)やT字帯(てぃーじたい)、前の開く寝巻き、もろもろの入り用なものは売店にあると言う。

(しかしお金がないのです)

口に出しては言えなかった。

「手術承諾書の捺印(なついん)なしのまま手術することになりました、先生がそうおっしゃるので……」

と言うと、看護師は肩をすくめた。

「こちらのは同居でない人を頼みますよ。それに君の家の印鑑もね。手術は今からもう始めます、とにかく早く戻って来て下さい」

　小雨が残っている中を自転車を飛ばした。貰い物の自転車は錆び付いていて、ギイギイと音を立てた。頭の中も同じくギイギイギイ錆び付いた音を立てる。路夫は今から帰ろうとしている文化住宅を思い浮かべた。

(寝巻きなんて、あっただろうか。前開きの下着は……、新しい下着もなかった……)

　そこまで思うと自然に顔が赤くなった。

(みすぼらしいさまを、あの人達は知らないのだ)


　あの事故の時、父は肋骨を何本か折り、大腿骨の複雑骨折で入院していて、妻の葬式に出られなかった。路夫が代わりに喪主。

　どのように葬式が進められたか、意識は夢の中を彷徨っていたままであった。桜吹雪が舞い散るさまだけが脳裏にある。

　車の窓から見た満開の桜が、葬式の時には舞い散っていた。病院の裏口にも桜があって花片がまるで牡丹雪のようにとめどなく……、くるくると舞う桜の花びらが目を瞑ると今も脳裏にはっきりと浮かんでくる。

あれが母の葬式だったのだろうか、病院から直に焼き場に母を運んでいったというだけに過ぎなかった。

ぶつかってきた相手が死亡していること、脱法ハーブを吸い車を盗んで暴走していたこと。

ハーブに薬品を振り掛けた違法販売が広がってきていた。それらは非合法に、店舗で、インターネットで販売されていて、危険だという声が出始めている矢先のことだった。車は盗品であり任意保険が掛かっていなかった。それどころでなく自賠責保険も掛けられていなかった。車検を受けていれば強制的に自賠責保険が掛けられる。しかし盗品の車だ。

保険金も何も下りなかった。ただの殺され損。

目地竜二の見上げている病院の天井は、今ぐるぐると回っている。

竜二は初めに意識を取り戻した時、妻と息子のことをまっ先に聞いた。

「奥様も息子さんも大丈夫ですよ」

と笑みを浮かべて看護師は言った。ほうっと気分が緩み、また意識が遠のいた。

再び意識を取り戻したとたんに激しい痛みが襲ってきた。体中の痛みは激しく、大きな唸り声をあげ（俺は、どこを痛めたんだ）と思った。

手を伸ばしてようやく呼び出しボタンをつかみ取り、押した。

すぐ看護師が入ってきた。この病室は看護師詰め所の隣の部屋で、竜二はまだ回復室に入っていたのだ。

「気が付かれたんですか」

「俺はいつから病院にいるんだ」

「目地さんは、丸１日、殆ど意識がなかったんですよ」

（丸１日も意識を失っていたのか、酷い事故だったからな）と竜二は思った。

（正面衝突だった、向うが対抗車線を乗り越えてきた、おまけに猛スピードだった。あいつら、酒酔い運転だったに違いない。しかしあの事故で、よく全員無事だったものだ）

まだ、ぼやっとした頭のまま、（静子と路夫は無事だったのだな）と口に笑みがのぼった。

（全員助かったのだ）激しい痛みの意識より嬉しい気分のほうが勝っていた。

「俺の怪我が一番酷いらしいな」

と竜二は呟いた。

「はあ？」

看護師は怪訝な顔をした。

「だから、俺が一番酷くて丸1日も目が醒めなかったんだろう」

「はあ……」

と看護師が口籠った。疑惑（どうしたんだ？）とたんに激痛が甦ってきて頭の先まで貫いた。

「ま、まさか。違うだろ。静子は、路夫は何処にいるんだ」

竜二は回復室を見廻した。看護師は真っ青になり口を引きつらせている。

「エエッどうなんだ。何処なんだ」

竜二は起き上がろうともがいた。もがこうとしたが体が動かなかった。

「……息子さんはですね、路夫くんは別の病室にいらっしゃいます」

「じゃ……」

喉が引きつった。

「静子は何処だあ〜！」

ようやく嗄れ声を絞り出してわめいた。自分の声ではないようだった。

「静子は何処なんだ！」

「……」

（嘘だ、嘘だ、そんなことがある筈がないではないか！）

「静子、静子ぉ〜！」

動かせる手を振り回した。看護師の顔がぼやけて遠くなった。竜二はそのまま深い深い闇の中に沈んでいった。

どれだけ経ったのか、

次に目覚めた時、船酔いのように体が揺れ、横を向くことができずに天井に向かって吐いた。ツーンとくる胃液の臭いにまみれて、竜二は手を伸ばし呼び出しボタンを探った。

その瞬間からずっと天井は歪み、今もぐるぐると回っている。

交通事故の時、父は2週間で退院してきた。

この時はまだ国民健康保険に加入していた。だから2週間でも入院できたのだが……

本当なら後1週間は入院してなければならなかった。

この退院には患者からの苦情もあったらしい。夜中に喚いたり、廊下を徘徊する……。

竜二は退院してしばらくして仕事に戻ったが、体が続かない。

仕事もやめてしまいマンションも引き払って、文化住宅に移った。

現在の仕事は日雇い人夫。だが休んでいる時の方が多い。肋骨の方はどうやら治ったが大腿骨複雑骨折が治り切っていない痛みのためだ。しかしそれよりも、浴びるほど酒を飲んでいては仕事にならないのは当たり前のことだった。

父は、以前の父ではなくなっていた。朝から酒を飲むようになったのだ。テレビがずっと付けっぱなしになっている。敷きっぱなしの布団に寝転(ねころ)がり、竜二は家にいる間中はテレビを見続けている。

夕暮れの蛍光灯も点(とも)っていない居間に、テレビの明かりがチラチラと揺れている。路夫は蛍光灯を点(つ)けるのも、父親の気を引くかと恐れて暗い中でコンビニで買ってきた弁当を食べる。

テレビが暗くなりガーガー雑音になった。ブツブツ、ガーガー……

「ええい、くそっ！」

飛び起きるなり、竜二はテレビを蹴(け)り飛ばした。

「痛っ、痛い！　くそがっ！」

竜二は足をかかえて蹲(うずくま)った。

「うう、う」

はあはあと大きく息を付くので、酒臭(さけくさ)い臭気(しゅうき)がわあっと流れてくる。

父親の暴力がこちらに向かって暴発するのではないか。路夫は食卓から飛びすさった。

食事を取らずに酒を飲む。酒の量がある限度を超えると暴力が始まる、支離滅裂な言葉を吐きながら殴り掛かり、蹴りつける。

怒鳴りまくっているその言葉を路夫は聞き取りたい。

父親なりに意味のある言葉なのだろうが、路夫には言ってることが分からない。

ドアを開けて飛び出していった路夫を捕まえ損ねて、竜二は靴の脱ぎ散らしている土間にしゃがみこんだ。頭がガンガンする。竜二は頭を抱えて唸った。

「頭が痛い……」

酒を飲んで息子に当り散らしている惨めなおのれの姿に、ぞっと寒けがした。酒が暴力を誘発していることが分かっているのに、酒をやめることができない。

竜二はよろよろと敷きっぱなしの布団に戻った。寝転がると天井がぐるぐると回っている。

竜二は目をそらして、壊れて黒い画面になってしまったテレビを眺めた。

テレビを見続けている時が安息だった。うっかり天井を見たりするとぐるぐると天井が回り、歪む。歪んでこちらに向かって崩れ落ちてくる。「わ〜」と叫んで竜二は頭を抱えて転げ回った。

酒はやめなければならないと分かっている。

「どうにもならんのだ……な」

と竜二はぶつぶつと言った。

少しは醒めている意識の中では「酒を断て」と言っている自分がいた。

「しかし、どうにもならん……」

この流されていく意志の弱さに反吐が出そうになるのだ。


路夫は廊下の階段まで逃げ、立ち止まった。父はドアを開けて追いかけてこない。大丈夫そうだ。そろそろと家のドアの前に戻る。

父の何か怒鳴っている声が外まで響いていた。薄っぺらい合板の木の扉。合板の木の表面が所どころ剥げてめくれている。

佇んでいると、父親の喚いたり唸ったりする声が突然途切れた。

(父は、もう寝入ったのだろうか)

ドアに月の光が当たっている。

文化住宅の外廊下にも月は優しい光を投げかけていた。

路夫はドアにもたれて、夜空を見上げた。酒臭い家には入りたくなかった。

侘びしかった。

(生きているからこんなに苦しいのだろうか)

路夫は、手術をする父の寝巻きや下着を取りに来た。

文化住宅の鉄の外階段は雨に濡れていた。所どころ赤錆の出た外階段は濡れて、用心しないと滑りそうだった。

3階まで上がると、部屋の前に荷物が盛り上がっているのが見えた。

荷物が放り出されていた。布団、テレビ、食卓、茶碗などの細々したがらくた。

ドアの鍵は閉まっていた。木製のドアは合板で、うわかわが所どころ剥がれている。無駄だと思いながらガチャガチャと回してみたが動かない。

貼紙がしてあった。

――家賃滞納につき、退室して頂きます――　家主

全く思考力が停止してしまったようだ。ようやく思考が動き出した時、「家賃を払えないなら出ていって貰うから」と、3日前に父親に言いにきた大家の顔が浮かんだ。

鍵は閉められてしまった。追い出されたことに路夫は思いいたった。

路夫は呆然と突っ立ったまま、ぐちゃぐちゃと積み上がっている、かつての我が家の物を眺めた。

3　幸せ

「路夫、おい」

突然呼び掛けられて、夢から醒めたように路夫は顔をあげた。振り向くと同級生の森山寿志と双村葉子が立っていた。

病院から家に到着してみると、セメントの外廊下に家財道具を放り出されており、路夫は乱雑に積み上がった荷物を前にぼうっと俯き込んでいたのだ。

「これ、どうしたの？」

葉子は乱雑に積まれている布団に目を見張っている。薄汚れ破れた毛布とボロ布団。こんなもの、葉子だけには見られたくなかった……恥ずかしさに頬が火照ってくる。

寿志がドアの貼紙に目を止めて、

「――家賃滞納につき、退室して頂きます――家主。何だ、こりゃ」

と頓狂な声を上げた。

路夫は口ごもった。自然と顔がもっと赤くなってくる。この説明も葉子の前では言いたくないことだった。

ようやく、

「家賃の払いが溜まっていて、もう４ヵ月になるから」

とぼそぼそ言った。

「えっ、だから？」

と葉子が吃驚したように聞いた。

「追い出されたんだ……」

「まあ、追い出すなんて酷いじゃない！　それに、留守の間に無断で勝手に放り出すなんて、そんなことしていいの！」

と葉子が憤慨した。

「こんなことは、法律で禁止されているんじゃないか」

と、森山寿志が額に縦皺を寄せて言った。

「きちんと調べてみないといけないよ」

寿志は、大人ぶった口調である。

「僕ら、鞄、届けに来たんだけど、な」

期末テストの最中に呼び出されて病院に駆け付けたのだ。鞄もテストもそのままだった。

「入院したとかって！　橋井戸病院によね。……それで、お父さん、どう？」

「ああ、……突然、仕事場で倒れたらしくて……」

竜二の現在ありついている仕事は、道路工事の現場での穴掘りだった。竜二が突然、卒倒し意識不明の状態が続いた。そこで慌てて救急車を呼んだらしい。

「ところで、今夜は、どうする？」

「ああ、今、もう手術してるとこ……」

「手術か、大変だな……。僕の家に来て貰ってもいいけど……、ちょっと相談もしなくちゃ……」

「いや、だから、今夜は付き添いで病院におられると思う」

「そうか、そりゃ、ひとまず良かった」

と寿志は言うと、押し黙った。やたらと鼻の下をこすっていた。

子供ではどうすることも出来ないに違いなかった。それは親の了承がいるだろう。子供の一存では決められないことだ。この情況を「元気出せよ」などと安易に励ましかねている寿志の気持ちが伝わった。

「私の親戚の仲のいいお姉ちゃん、橋井戸病院の看護師なの」

「うん……」

「お姉ちゃんに、電話掛けといてあげる」

と葉子は言った。

「事情も話しておくわ」

路夫はホッとした。事情を話してくれたら、何日かは病院に泊まれることになるかも知れない。

「えっと、お父さんに持っていくもの取りに来たんでしょ」

と言うと、葉子は荷物に手を伸ばした。

「やめろよ」

思わず大声が出た。

「えっ？」

葉子は、思ってもみなかった路夫の激しい拒否の声にビクッと手を引っ込めた。

「ごめん、僕がゆっくり探さないと分からないと思うから……だから……ごめん……」

葉子には触れられたくない。

着たきりで寝床に潜(もぐ)り込むような生活を、僕の生活の有様(ありさま)をこれ以上覗かれるのは、いたたまれないんだ。特に双村葉子には……。

　葉子と目が合った。葉子に路夫の気持ち伝わった。

「じゃ、鞄、置いとくね。お姉ちゃんに、電話を掛けとくね」

と葉子は、静かに言った。

　二人の階段を降りる足音、錆の浮いた鉄製の階段を降りていく足音が遠ざかる。耳を傾(かたむ)けてしばらく立ち尽くしていた路夫は、我に返った。

　ここに移ってきて、「お前の家は、小さくて汚い」と辱(はずかし)めを受けたことを思い出していた。しかし、ここからも、この四畳半が二間きりの文化住宅からさえも、今は追い出されるのだ。住む所がなくなってしまうのだ。

　一体この家財道具や細々(こまごま)したものを、どこへ持っていけばいいのかと思った。

　路夫はのろのろとしゃがんだ。放り出され乱雑に積まれている荷物をかき回して、父親の下着類やタオルなどを探した。


　学校の鞄と、とりあえず探し出した竜二の下着などを自転車に積んで、路夫は病院へ引き返しはじめた。夕暮れ時、家々の窓には温かい明かりが点(とも)っていた。鍋物の匂い、お好み焼きの匂い、カレーの匂い、小雨が降っている中の湯気(ゆげ)の立つような温かな匂い。路夫はお腹が空いていた。

カーテンの開いている窓から、一家が賑やかに食卓を囲んでいるのが見えた。

路夫は自転車を止めて見入った。そこには団らんがあった。幸せそうだった。かつての自分がそこにいた。幻だ。それはもう手が届かないところに行ってしまったと思ったとたん、じんわりと涙が出て周りの風景が滲んでいった。路夫は慌てて目を逸らすと力一杯ペダルを踏み込んだ。

路夫は思った。周りはみんな幸せそうだから、だから僕は今よけいに辛いのだ。

4 嵐

夜半、路夫が病院に戻ってから、すでに6時間が経過していた。

0時10分。回復室のドアが開いた。看護師が半身を入れ路夫に、「終わりました」と告げた。ストレッチャーに乗せられた竜二が、看護師2人に押されて回復室に入ってきた。点滴の袋が一緒についてきた。ストレッチャーを急いで避け、路夫は壁際に立った。

2人の看護師は竜二をシーツに包むようにすると、それぞれが頭と足を持ち上げ、よいしょっと声を掛けベッドに移した。ずいぶん痩せているとはいえ、大の男を呼吸を合わせて軽々と運ぶ。

ベッドに仰向けに寝かされた竜二の顔は灰色だった。唇の色もなかった。

心電図モニターが取り付けられた。小型テレビのようなモニターの画面に青い細い光が山型を描いては流れていく。

慌ただしく続いて看護師が入ってきた。輸血のために血液の入った袋が点滴のスタンドに掛けられた。

「必要なので輸血をします」と、その看護師は言った。輸血の針は腕でなく脚に刺された。

「輸血の承諾書にサインして下さい」

路夫はボールペンを受け取ると、住所と名前を書き入れた。

(家財道具を放り出され閉め出されたのに、あれが果たして住所といえるのかどうか……)

「先生が、いま見えますから」

と言うと看護師は出ていった。

路夫は父のベッド脇に丸椅子を寄せて、座った。無色の点滴の他に輸血の袋がスタンドに掛かっている。

暗赤色の血液がどろりとした感じで途切れがちに管を伝っていく。それはあたかも心臓の動きに合わせて脈打っているようだった。

すっと影のように音もさせずに長身の家部俊一郎が入ってきた。気づいて路夫はハッと立ち上がった。

「お父さんの脳に腫瘍ができていてね。だがしかし、今回倒れられた直接の原因はクモ膜下出血だった」

「はい」

「クモ膜下出血は一刻を争う。早く手術をしなければならない」

「はい」

「その方はうまくいった……」

家部俊一郎は言葉をとぎらせた。背中を丸めている。生え際に白髪が混じっていた。目の周りに青黒く隈が出来ていた。

「だが腫瘍が小脳の生命に関わる部分まで大きく広がっていてね、触ることはできなかった」

路夫は言葉を飲み込んだ。

「お父さんはそうとう体力も落ちているし、できるだけ体力の回復を計ることが今は肝心なんだ」

と言って医者は輸血の袋に目をやった。

「では、父は……」

（輸血をすれば助かるのでしょうか）と路夫は聞きたかった。

「麻酔が切れたらひどく動くかも知れない。その時は看護師を呼ぶように」

回復室の隣は看護師の詰め所で、今はカーテンが開いていて眩しい明かりが差し込んでいた。

「何かあれば私を呼んで貰っていい。看護師に連絡を取るように言っておくから」

路夫は頭を下げた。家部俊一郎は頷くと詰め所への境の扉を開けて出ていった。詰め所の中の衝立が立て回されている影に家部の姿が消えた。

暫くして看護師が、詰め所と回復室の境のカーテンを閉めた。回復室は薄暗い蛍光灯の明かりだけになった。

その時になって、ごうーっと唸りをあげている風の音に路夫は気が付いた。いつの間にか雨が嵐に変わっていた。路夫は立ち上がって窓に寄った。この回復室のある病棟の間に駐車場を挟んで、向側にもう一列入院病棟が並んで建っている。何の木だろうか。フェンスに沿って植えられている木々が大きく揺れ、葉が千切れて飛んでいる。路夫は吹き荒れる外の嵐を見つめた。木々は激しく揺れている。

外廊下に積み上げられた家財道具は雨に叩かれ、嵐に吹き飛ばされているに違いなかった。

竜二が苦しそうな唸り声をあげた。路夫は、灰色の顔のままの竜二を見た。

「うう、うー」と竜二が身をよじった。路夫は駆け寄った。

「大丈夫？」

顔を近付けて、そっと体に手を掛ける。

ごーっと嵐がひときわ大きく窓を叩いた。それにつれて、竜二が身をよじってもがく。

「大丈夫？　お父さん」

この病室の中も嵐が吹きすさんでいるようだ。

「お父さん……苦しい？」

（病室の嵐はいつやむのだろうか？）

ピーポ、ピーポ……、吹き荒れる嵐の音の合間に救急車のサイレンが近づいてきている。

路夫は耳をそばだてた。救急車は、この病院に入ってきたようであった。

廊下を走る音。暫くすると路夫の耳に、エレベーターの軋（きし）むような音が聞こえてきた。

路夫は落ちつかない気持ちで座っていた。

（もし）と思う。（お父さんが死んだらどうしよう。取り残されたらどうしたらいい！それに病院の支払がある。どうしたらいいのだろうか！）

父は、いまは身動きせずに落ちついて眠っているように見える。ここ2年ほどの、酒に酔っぱらい暴力を振るっている父の面影が薄れて、昔の、そう、母が生きていた頃の寝顔だ。

穏やかな寝顔を見ていると、昔のことを思い出した。

幼稚園の頃だった、友だちと遊びにいって、それからどうしたろう。覚えていないが道に迷ってしまったのだ。（お家はどこ？）夕焼けが消えていく。べそをかいているところにお父さんが現われた。そして抱き上げてぎゅっと抱き締めてくれた。家の門の前でお母さんが待っていて、「だめじゃないの、一人で出かけては」と言いながら駆け寄ってきた。その情景が、まるで昨日のことのように浮かんできた。

息を詰めて体を固くして路夫は身じろぎもせずに座っていた。

二袋目の輸血が終わりに近づいているが、竜二の顔は相変わらず灰色のままだ。

「生きていてくれなくちゃ……。死なないで。僕は独りぼっちになってしまう」

それかといって、どうしようがあるだろう。

（深く考えない。そうしよう……最悪のことを考えないようにしよう）

そうでないと、恐れていた最悪のことが本当にやってくるかも知れなかった。

手術の終わった患者だろうか。ストレッチャーで患者が運ばれてきた。向うの端のベッドが整（ととの）えられ、移されていた。

それでようやく気が付くと、窓の外がすでに白んできているのだった。

向うの端では看護師達が、新しい患者に点滴などを忙しく取り付けている。

嵐は収まっていた。

路夫はパイプ椅子から立ち上がろうとしたが、膝が固まっていて痛かった。膝をさすって立ち上がり、ぎくしゃくと窓の側に行く。見下ろすと駐車場には木の葉が一面、播（ま）かれたように散らばっていた。

5　ガラクタ

父の枕元に座ったまま、一睡もせずに夜が明けた。

輸血の袋は外されて今は点滴だけになっている。相変わらず顔色はなかったが、竜二（たつじ）は静かに目を瞑（つぶ）っていた。このまま何とか持ちこたえて良くなるような気がした。そうなって欲しいと路夫は祈った。

「売店のおにぎりだけど」

と囁くような声がした。柔らかい声。顔を上げると看護師がおにぎりとペットボトルのお茶を差出していた。急にお腹がぐうと鳴った。昨日の朝、食べたきりだった。それでも受け取っていいのかとためらっていると、看護師は膝の上に押し付けるように置いた。

看護師はチラッと詰め所を見ると、

「早く受け取って頂戴」

と早口で言った。そして大きな瞳を、内緒よというように悪戯っぽく瞬かせた。

「遠慮しないでいいのよ、葉子ちゃんから聞いたのだから」

「はい」

ペットボトルは温かかった。温かいペットボトルを手でくるむように持った。

看護師はポケットに付けられている名札をほっそりした指先でつまむようにした。名札には、「八代かおり」と記されていた。

看護師はにこりと笑った。えくぼが出来た。笑うと双村葉子と良く似ていると路夫は思った。

「何かあれば言ってね！」

と軽く肩を叩くと、八代かおりは詰め所に入っていった。看護師達が机を囲んで話し合いを始めているのが見える。八代かおりもその輪の中に入った。

路夫はセロハンをむいておにぎりを一口入れた。タラコだ。胃がぎゅうっと鳴った。二つめのおにぎりはシャケだった。三つ目は梅。ゆっくり食べなければと思っても、次々と口に放り込むのを止められない。

ペットボトルの温かいお茶を喉に通すと、ほっと路夫は溜め息を付いた。学校の1時間目が終わった頃だろうと、ふっと思った。

食べ物を口に入れるとすうっと眠りに引き込まれていく。緊張の糸がほぐれていった。

路夫はベッドのふちに頭をもたせかけ、うつらうつらとした。


肩を強く揺すぶられて路夫は目覚めさせられた。まだぼうっとしている頭のまま、路夫は頭をもたげた。あの、一番はじめに、手術承諾書に印鑑が入り用だと言ってきた看護師が目に入った。ビクリとして路夫は身を起こした。

「ハンコ、まだなんです」

路夫は急いで言った。

「そうなのよね。困ります」

と看護師は肩をすくめた。

「すみません……」

「仕方ないわね」

看護師は一枚の用紙を目の前に突き出した。金色の大きな腕時計がはめられている。金色が、差し込んでいる朝日にキラリと光った。

看護師が差し出している用紙を見て、路夫は飛び上がりそうになった。病院の治療費、請求書。治療費のことは頭から抜け落ちていた。

最初は頭にあったのに……

父親が助かるかどうかで頭がいっぱいで、意識がそこに回らなくなっていた。まだまだ先のことだと何となく気持ちの中で引き延ばしていたから。

路夫は恐る恐る首を伸ばして数字を眺めた。ゼロが幾つも並んでいる。桁(けた)が多くて目がチラチラした。桁を数えていると胸がむかむかしてきた。８５０・６６０円、

「八十五万！」路夫は低く呻(うめ)いた。

「これは……」

「保険証がありませんからね。お宅、国民健康保険も何も持っていないので全額になって

しまいます」

看護師のごつい体が立ちはだかっている。見下ろしている。

今朝は支払いのことは忘れていた。あまりに急激に色んなことが押し寄せてきて……。

(払うことはできない)

支払う当てを考えようとした。しかし何も考えつくことはできなかった。

(森山に借りる？　飛んでもない！)

(葉子に相談……？　それでどうなるんだ！)

息が詰まり路夫は震えだした。止められない、やがて冷や汗が背中を伝っていった。

「君、中学1年生なんだって！」

路夫は身を縮めた。

「ご親戚の方とかは？」

「……」

今どうにもならないと悟(さと)ったごつい体の看護師が退散した。横幅の大きい体がどいたので、朝日が届いて明るくなった。しかし、路夫は支払いのことを思うと、こうして座っていても生きた心地もしなかった。手術費が入っているとはいえ、この様子では今後どの位治療費が掛かるか、考えるのも恐ろしかった。

あの交通事故からだ。幸せだと思っていた生活。それがいかに当てにならないかと思ったのは。

一つ歯車が外れるとどこまでも落ちていく。まるで蟻地獄へ落ちた蟻がどんなに努力しても這い上がれないように……あの自動車事故の前までは考えもしなかったところに行ってしまう……

(今のところで、八十五万円！)

治療費が払えない時は病院を放り出されるのだろうか。まさか、ベッドで息もやっとついているような父親を放り出しはしないと思う。

治療が済んだら退院する。その後で、(これが借金として、僕とお父さんはずっと追い掛けられることになるのだろうか)

頭痛が始まった。こめかみがズキンズキンと脈打ち、眉と眉の間が痛む。回復室に差し込む朝の光も頭痛を促進する。路夫は頭をかかえた。親指の腹で眉の間をきつく押え何とか頭痛を押さえ込もうとした。

「お母さん……お母さんさえいてくれたら……」

路夫はベッドに顔を押し付け、頭痛の収まるのを待った。

そうやっている内に眠りが訪れた。眠っている間は安息だった。治療費のことも遠のいていった。いつのまにか、父と母と3人でドライブをしていた。桜並木が流れていく。「もう1時過ぎたわ」という母親の声が聞こえた。（やめろ、やめろ、この道を行っちゃだめだ、やめろ、やめろ、やめろーっ）叫ぼうとするのに声が出ない。

唸り声と共にベッドが揺れた。路夫は跳ね起きた。（夢を見ていたんだ、あの時の）路夫は頭を振った。（今はお父さんの病院なんだ）ハッとして反射的に「心臓図モニター」を見た。山形を描いていた青い光が、なだらかになっていく。ピッピッピと幽かな電子音がして青い光がすうーっと真直ぐになった。路夫は弾かれたように体を伸ばすと呼び出しボタンを引っ掴み力一杯押した。路夫の胸の中で心臓が鳴っていた、今にも破裂しそうだった。

看護師が詰め所から入ってきて「モニター」を見るなり飛び出していった。

青い光は真直ぐなままだ。（早く、早く来て！）もがいていた竜二の動きがカクンと止まった。

「嘘だろ」と路夫は叫び出しそうになった。

家部俊一郎が駆け込んできた。

路夫は壁際によけ、家部と看護師達の慌ただしい動きを見ていた。

呆気無かった。竜二は逝ってしまったのだ。一度も目覚めることもなく……。

目の前のことが灰色にぼやけていく。壁にぴたっと背中をつけたまま、このまま動き出せそうもないと思った。


竜二の顔には白い布がかぶせられている。霊安室に横たえられた竜二の枕元に、蝋燭が灯され、線香の煙が流れていた。八代かおりが整えてくれたものであった。

八代かおりが足音を殺すようにして去った後、霊安室に途方にくれた顔で路夫は座っていた。

薄闇の中の霊安室は寒かった。床は灰色のセメントで、涙の跡のようなシミが点々と付いていた。(灰色のセメントは、住んでいた文化住宅の外廊下の色と同じだ)

路夫は、乱雑に積み上げられた家財道具を思い浮かべた。(あれは嵐で、細々した物はあらかた飛んでいったことだろう)

あの嵐で吹き飛ばされていったガラクタと自分が重なり合う。

「僕はガラクタ……」

ひとりでに言葉が出た。

これからは独りなんだという思いがどっと押し寄せた。路夫は震えた。止めようとしたが止まらない。酷くなってくる。路夫はぎゅっと膝と膝の間に両手を挟み込んだ。膝できつく締め付けようやく震えを止めた。

6　家族

もう自分を待っていてくれるひとは誰もいない。たとえ飲んだくれて手をあげる父親でも、孤りぼっちよりはいい。

「寒いよ」と路夫は呟いた。

ぽつんと一つ灯っている蝋燭は短くなっていたが、まだ燃え尽きてはいなかった。時間はそれほど経っていないのだろう。

ふわっと空気が動いた。チラチラと細い蝋燭の明かりが瞬く。扉が開けられたのだ。目を伏せたまま路夫は、八代かおりが様子を見にきてくれたのだと思った。

コツコツと近づいてきた長身の影が手を伸ばし、箱から新しい蝋燭を出した。影が大きく揺れた。

「……先生」

驚いて路夫は立ち上がった。

家部俊一郎は今まさに消えようとしている蝋燭の火に新しい蝋燭を近づけた。新しい火がぽっと移った。

家部は長身の体をかがめた。

低いが柔らかい声が響いた。

何か言われたが言葉が聞き取れなかった。

(なんと言ったんだ、なんと……)

医者は僕に何を言ったんだろう？　路夫は家部俊一郎の顔を呆然と見上げた。あまりに意外なことで、頭の中で理解できなかった。

「あしたから、わたしの家に来るといい」

「先生の家に……？」

「そうだよ」

(こんな恩恵を受けてもいいのだろうか。それを受ける価値が自分にあるのだろうか)

「来るかい」

路夫はパチパチと戸惑った眼差しをしたが、こくりと頷いた。

「よし」

と言うと家部俊一郎は路夫の肩に手を置いた。手の温かみが少年の胸に降りてきた。

涙が溢れて、とめどなくこぼれ落ちた。胸に頭を埋めると、しゃくりあげた。

「泣いてもいいんだよ」

辛くても今までは涙を落とすことができなかったのに……泣いてもどうすることも出来ないことが分かっていたから……。

「八代くんから、話は聞いてる」

家部俊一郎の家に行くことは唐突なことだったが、路夫の心に違和感は起きなかった。それはなんとも不思議なことだが、不自然なことに思われなかったのである。

驚くことが連続して起こり続けていた。あまりの進行の早さに、少々のことでは驚かなくなっていた。

とにかく素直に、すとんと路夫は家部俊一郎の言葉を受け入れたのだ。

「君から奪われたものを、いま君が求めても、それは正しいことだと思うよ」

と家部俊一郎は呟いた。


霊安室で経が読まれ、ささやかな葬式が終わった。家部俊一郎と八代かおりと路夫だけが参列者だった。

火葬場には、母の時と同じ、路夫一人だけが付き添った。病院が廻してくれた車だ。

母を見送った煙突が見えてきた。

「お母さん」

２年半前に、母親が煙になって薄く立ち昇っていった煙突が近づいてくる。

「お父さんがそっちに行くんだ、お母さん」

畑が散在した一角にある火葬場が見えた。

「お母さん安心して。僕は独りぼっちにならないんだ」


火葬場に到着すると、意外なことに森山寿志（もりやまひさし）と双村葉子（ふたむらようこ）が正面玄関に立っていた。

葉子と寿志が駆け寄ってきた。

「ありがとう……」

「ううん」

と葉子が首を振った。

「学校が早く終わったもんでね」

と寿志が言った。

「まあ、しかし、塾があるから、ずっとはおられんけどな」

「うん」

「聞いたぜ。良かったな」

と寿志は、ぱんぱんと勢いよく背中を叩いてきた。

「何にしても安心した。僕んとこじゃ、わりぃけど、お前を引き受けてくれそうもなかったし、な」

寿志は本気で心配してくれてたんだ。親にも話してくれたらしい。勝手に独りだと思っていた。胸が熱くなった。


待ち合い室に3人は座っていた。しーんとした空気。居心地悪いのか寿志がもぞもぞしている。寿志が喋りだした。もうすぐ始まる冬休みの、自分の計画を喋りまくった。また、しーんとなる。寿志が「塾だし、帰るわ」と立ち上がった。それをしおに3人は一緒に表に出た。

「そのうち、遊びに連れてっちゃる」

「うん」

寿志が手を振って離れていった。

火葬場は少し街を外れているので、辺りは畑になっている。

湿った空気が充満(じゅうまん)している待ち合い室に戻りたくなかった。何とはなく、二人は歩き出した。というより葉子が「歩かない！」と言ったのだ。

畑の間の野道。枯れた草を踏んで、二人は歩いた。

路夫は煙突を振り仰いだ。煙突からは、母の時と同じように煙が立ち昇っている。煙が散らばって冷たい風で拡散（かくさん）されている。

（お父さんも、苦しかっただろうな）と思う。事故から後は、痛み止めをひっきりなしに飲んでいた。夜中にうわ言で、天井が落ちてくると叫んでいた。

病院にも行かなかった。

いや行けなかったので、死ぬほどの病気になっていても気づかなかった。

昨夜半（さくやはん）の出来ごとを明るい昼の光の中で考えると、疑問がふつふつと湧いてくる。あの時は不思議でも不自然でもなく、すんなり受け入れたのに……

霊安室の中での、あの出来ごと、あれは本当に起こったことなのだろうか。幻ではないか。

家部俊一郎とは、たまたま救急車で運び込まれた患者とその子供という関わりしかない。それも丸々たったの２日間……。

突然、葉子が立ち止まった。考え事にはまり込んでいた路夫は、葉子にぶつかりそうになった。

「かおり姉ちゃんとね、家部先生とは結婚するのよ」

「えっ？」

驚いて見つめる路夫に、

（昨夜からの謎が解けたかしら！）

というように、葉子が覗き込んでくる。なんとも悪戯っぽい瞳だった。やっぱり双村葉子が絡んでいたんだ。

「結婚式はこの春なの、うふふ！」

葉子の頬に、えくぼがくっきりと浮かんだ。

あなたにとどけるものがたり 10

2015年1月26日　初版第1刷発行

編　者　風の会
発行所　心斎橋大学出版
〒542-0081　大阪市中央区南船場3-11-18　郵政福祉心斎橋ビル2F
電　話　06-6252-7000
ＦＡＸ　06-6252-7222
発売所　遊絲社
発行者　溝江玲子
〒639-1042　奈良県大和郡山市小泉町3658
電話/ＦＡＸ　0743-52-9515
e-mail　anz@yuubook.com
URL http://www.yuubook.com/center/

印刷・製本　亜細亜印刷株式会社
ISBN978-4-946550-44-7　C8093